DATE DUE

JUL 1 2 2004	
AUG 3 1 2004	
2-23-10	
3-08-10	
MAR 2 3 2010	
JUL 1 9 2012	
5-8-14	

BRODART, CO.   Cat. No. 23-221-003

En busca
del heredero

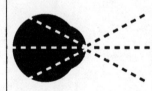

This Large Print Book carries the
Seal of Approval of N.A.V.H.

En busca del heredero

Carolyn Zane

Thorndike Press • Waterville, Maine

Library of Congress Cataloging-in-Publication Data

Zane, Carolyn.
   [Of royal blood. Spanish]
   En busca del heredero / Carolyn Zane.
      p. cm.
   ISBN 0-7862-6472-1 (lg. print : hc : alk. paper)
   1. Large type books. I. Title.
PS3626.A634O34 2004
  813'.6—dc22   2004042515

En busca del heredero

Capítulo Uno

LA PRINCESA Marie-Claire de Bergeron, tercera hija de Philippe de Bergeron, rey de St. Michel, una pequeña nación al norte de Francia, se hizo sitio entre sus dos hermanas mayores para poder ver mejor al impresionante Sebastian LeMarc. El señor LeMarc era, a la vez, aristócrata, playboy y hombre de negocios. Marie-Claire se agarró al brazo de sus hermanas y observó fascinada cómo aquel hombre se detenía, de camino al hoyo diecisiete, para firmar un autógrafo a una risueña adolescente.

En St. Michel, Sebastian era toda una celebridad. Un filántropo generoso y un hombre idolatrado por las mujeres que, cuando llegaba, intervenía en todos los eventos.

—¡Está para comérselo! —exclamó Marie-Claire.

—Quita, Marie-Claire —protestó su hermana Lise, recientemente casada—. Me estás agobiando.

Marie-Claire obedeció y se apoyó en Ariane, su hermana mediana, para seguir observando al guapo Sebastian, que estaba hablando con su caddie.

Aquel partido de golf estaba siendo seguido por millones de personas de todo el mundo, a través de los canales deportivos de televisión.

—Se aproxima al... ¡Uy! —dijo uno de los comentaristas terminando la frase con una risa ahogada.

—Parece que Sebastian LeMarc tiene problemas.

Su caddie se ha caído —informó el encargado de la retransmisión.

—Es cierto, Frank —corroboró el comentarista que seguía a los jugadores.

—Desde nuestra posición junto al equipo de televisión, nos parece ver que el caddie de LeMarc se ha caído al agua...

—¿Serán los efectos de la juerga de anoche?

Más risas.

—Rob, el caddie de LeMarc es, créanlo o no, el hijo del jardinero del palacio de Bergeron. Eduardo van Groober tiene dieciocho años y el año pasado estuvo en el equipo de golf del instituto. Dice que espera estar algún día a la altura de Tiger Woods.

—Veamos si puede tenerse en pie.

Más risas.

—Creo que se ha distraído.

—Las hijas del rey distraerían al caddie más templado, me temo.

En ese momento, aparecieron en televisión imágenes de Marie-Claire y sus atractivas hermanas.

Marie-Claire observó cómo Eduardo, con la cara roja de vergüenza, agarraba la bolsa con los palos y buscaba el más adecuado.

Sebastian encontró un palo en el suelo y fue hacia el tee, sin hacer caso a Eduardo.

—Frank, parece que Sebastian LeMarc va a utilizar un hierro siete, una excelente elección. Con su poderosa manera de pegar a la bola y su precisión, su próximo golpe hará que su equipo se ponga en cabeza.

Marie-Claire soltó una risita nerviosa, pero cuando un periodista despistado le impidió ver, se puso seria otra vez y volvió a meter la cabeza entre las de sus hermanas.

—Marie-Claire, déjanos en paz —protestó Lise en voz baja—. Tienes el pelo tan lleno de electricidad, que parece que te hubieras electrocutado.

«Y así es como me siento», pensó Marie-Claire viendo a su héroe entre las piernas larguiruchas del periodista. En ese momento, Sebastian estaba ensayando el golpe.

—¡Eh! ¿Qué demonios estás haciendo? —preguntó Ariane cuando Marie-Claire tiró de ella.

—Tratando de... verlo.

9

Ariane soltó una carcajada.

—Pero si tiene... ¿Cuántos?, ¿veintiocho años, veintinueve?

—Treinta y dos.

—¡Madre mía! Eres demasiado joven para él.

—De eso nada.

—Sí que lo eres. Fíjate, te está mirando.

—Es que nos conocemos.

Lise y Ariane se miraron divertidas.

—¿Desde cuándo?

Marie-Claire pensaba optar por el silencio, pero al ver las expresiones de sus hermanas, cambió de opinión.

—Desde hace cinco años. Yo tenía dieciséis años y tuvimos... un momento.

—¿«Un momento»? —quiso saber Lise.

—¿Dieciséis años? Estás alucinando —aseguró Ariane.

—No. Se acuerda de mí, lo sé.

—¿Qué clase de «momento»? ¿Lo atropellaste mientras aprendías a conducir?

Lise y Ariane, con las cabezas muy juntas, se morían de risa. Marie-Claire las miró con los ojos brillantes.

—Sabe quién soy. Os lo juro.

—Nos conoce a todas porque somos las hijas del rey.

—No digo eso. Tenemos una conexión especial.

Ariane se aclaró la garganta.

—Marie-Claire, siempre has sido una soñadora.

—Lo creáis o no, me lleva en su corazón —Marie-Claire, se desentendió de sus escépticas hermanas y se concentró en Sebastian, que en ese momento se volvió y, al verla, le guiñó un ojo—. ¿Lo veis? ¿Lo habéis visto? ¡Me ha guiñado un ojo! —añadió dando un gritito y agarrando a sus hermanas.

Lise levantó la nariz.

—No te estaba guiñando un ojo. Ha sido el sol, seguramente, que le ha hecho cerrarlo.

—Tiene el sol a sus espaldas.

Ariane tuvo que admitir que tenía razón.

—Entonces será que le gusta guiñar el ojo a todas las mocosas del reino. ¿Lo ves? Acaba de guiñar un ojo a Eduardo.

—Y si no me equivoco —puntualizó Lise—, Eduardo también te acaba de guiñar un ojo, Marie-Claire.

—Sí, está claro que a ese chico le gustas, Marie-Claire —dijo Ariane riendo.

—Callaos.

—Marie-Claire van Groober. Suena bien, ¿no crees?

Lise y Ariane soltaron una carcajada e hicieron entrechocar las palmas de sus manos. Marie-Claire decidió no hacerles caso.

11

«Sebastian... LeMarc.»

«Marie-Claire LeMarc.» Escribió mentalmente las letras del apellido del aristócrata. Durante cinco largos años, él había sido el centro de todas sus fantasías. Se lo había imaginado como el futuro padre de los cuatro hijos que pensaba tener: tres varones y una preciosa niña.

Lo único que tenía que hacer Sebastian era darse cuenta de su presencia, como en aquella noche lejana. Al recordarlo, se ruborizó. Sabía que él también lo recordaba. Tenía que recordarlo. ¿Cómo se iba a olvidar?

Mientras él consideraba su próximo golpe, ella observó el gesto de su labio superior, un gesto que hacía a menudo y que le daba el aspecto de alguien seguro y con sentido del humor. Observó también las arrugas que rodeaban su boca, que aumentaban su encanto; su cabello castaño oscuro, ligeramente plateado en las sienes; la mandíbula cuadrada y masculina que tenía un hoyuelo en el medio; los ojos, de un color azul aterciopelado que recordaban la noche; sus pestañas, densas y largas. De alguna manera, se parecía más a George Clooney que el propio George Clooney.

Alrededor de Marie-Claire, todas las mujeres lo miraban ensimismadas tratando de llamar su atención. Se retocaban el carmín de los labios de vez en cuando y se daban codazos las unas a las otras. Marie-Claire dejó caer los hombros. Quizá sus hermanas tuvieran razón y Sebastian fuera algo mayor para ella. Al fin y al cabo, era un hombre inteligente y con mucha experiencia. ¿Y ella? Bueno, a sus veintiún años, su madurez seguramente dejaba mucho que desear. Era bastante complicado hacerse una mujer independiente estando siempre rodeada de guardaespaldas y de cámaras que la seguían continuamente.

Las flores necesitan espacio y luz para crecer.

En ese momento Sebastian se inclinó y observó su palo con expresión pensativa. Finalmente, asintió mientras miraba al rey Philippe, padre de Marie-Claire, se puso derecho y apretó el tee contra la hierba. Luego puso la pelota encima y separó cuidadosamente los pies. Finalmente, miró hacia el lejano hoyo.

¡Qué emocionante! Hasta la nuca de Sebastian era bonita. Y estaba a punto de llevar al equipo de su padre a la victoria.

Marie-Claire se echó hacia delante y desequilibró a Ariane.

Se oyó un murmullo entre la multitud.

Sebastian cruzó los dedos sobre el mango del palo, hizo un movimiento de prueba y se echó hacia atrás.

13

—¡Vamos, Sebastian!

Todos oyeron el grito y Marie-Claire se dio cuenta, demasiado tarde, de que había salido de su garganta.

La gente se giró hacia ella y el rey Philippe hizo un gesto expresivo con los ojos.

Eduardo la miró con una sonrisa de oreja a oreja y le hizo un gesto con el pulgar hacia arriba.

Sus hermanas trataron de disimular su espanto.

—Se supone que no puedes gritar en un partido de golf, tonta —dijo Lise en voz baja.

—No me extraña que Sebastian se haya fijado en ti. Haces cosas absurdas.

Sebastian dio un golpe perfecto. La pelota se detuvo a unos centímetros de la bandera. El público le dio una gran ovación. El rey Philippe y Sebastian se dieron la mano en señal de victoria y los periodistas se acercaron rápidamente con sus cámaras.

A pesar de la multitud, Marie-Claire notó que Sebastian la buscaba otra vez con la mirada y, cuando la localizó, volvió a guiñarle un ojo. Ella se llevó las manos a la cara, que estaba ardiendo.

Poco rato después, sus miradas se encontraron y permanecieron unidas, como lo habían estado a temporadas, durante todos aquellos años.

Entonces los ruidos y los colores se fueron apagando para Marie-Claire. La realidad se desvaneció. Su corazón comenzó a palpitar a toda velocidad y todo empezó a moverse como a cámara lenta.

La luz del sol cayó sobre la cabeza de Sebastian, iluminando su cabello oscuro y rodeándolo de una corona dorada.

Era evidente que Sebastian se acordaba de ella.

Una vez que el torneo había acabado, la gente se fue hacia sus casas con el fin de prepararse para la fiesta que tendría lugar aquella noche en el palacio de Bergeron para celebrar la victoria. Una riada de gente se dirigió hacia el aparcamiento y, poco después, comenzaron a sonar los cláxones y los vítores.

Sebastian LeMarc se volvió hacia su caddie, que en esos momentos estaba buscando con la mirada a Marie-Claire. Con su cara pecosa y su pelo rojo, el chico tenía una expresión que delataba lo enamorado que estaba de ella. Sebastian conocía bien la sensación. Él llevaba observando a la impresionante Marie-Claire hacia cinco años. Lo mismo que la mayoría de los hombres de St. Michel.

Pero esa misma noche iba a dejar de mirarla e iba a pasar a la acción.

Ya tenía veintiún años y, por tanto, era una mujer adulta. Y él tenía la intuición de que su interés por ella era correspondido. Por lo menos, eso esperaba. Era una joven maravillosa, llena de vitalidad y tan guapa por dentro como por fuera.

Y al parecer, Eduardo pensaba lo mismo.

—Es increíble, ¿verdad? —dijo Sebastian dándole una palmada al chico en la espalda.

—Sí, señor. ¡Lo digo de verdad! Yo no... nunca podría... —apartó la vista de Marie-Claire y miró seriamente a Sebastian—. ¿Ha estado alguna vez enamorado, señor LeMarc?

Sebastian agarró la bolsa con los palos que llevaba el delgaducho chaval y se la colgó del hombro.

—Sí.

—¿Qué pasó?

—Nada. Todavía —dijo mezclándose entre la multitud.

Desde su suite, Marie-Claire escuchaba las voces procedentes del salón Cristal, donde iba a celebrarse la fiesta. Apretó la nariz contra la ventana del balcón para ver mejor los coches que llegaban y que se detenían en la zona de aparcamiento.

Por décima vez, se preguntó cuándo llegaría él. Se estiró para descubrir su elegante Peugeot y creyó verlo aparcado en la zona privada. Seguramente, Sebastian estaba ya en la fiesta divirtiéndose y charlando relajadamente. Aunque se esperaban entre doscientos y quinientos invitados, a Marie-Claire solo le importaba uno.

Sebastian LeMarc.

Marie-Claire abrió emocionada la ventana y dejó que entraran la música y la brisa nocturna. Abajo, los jardines que había junto a las murallas estaban iluminados de un modo que les daba un aspecto muy romántico.

Era una noche bastante cálida para comienzos de septiembre. La humedad que reinaba en el ambiente anunciaba que se avecinaba tormenta, lo que casaba perfectamente con los sentimientos que ella encerraba en su pecho.

Se apartó del marco tallado de la ventana y se dirigió hacia el espejo para repasar por última vez su vestido y su maquillaje. Finalmente, decidió que estaba lista y se fue en busca de sus hermanas.

—¿Cómo estoy? —preguntó al llegar a la habitación de Ariane, que estaba ayudando a Lise a ponerse un collar de oro y diamantes alrededor del cuello. Collar que sin duda le habría regalado Wilhelm Rodin, el marido de Lise desde hacía menos de un mes. Las apariencias eran muy importantes para Wilhelm.

Ambas hermanas miraron a Marie-Claire distraídamente.

—Pareces muy mayor esta noche —afirmó Ariane—. ¿Esperas atrapar a Sebastian en un momento de debilidad y agarrarlo por el pelo para llevarlo a tu cueva?

Lise se puso la mano en la boca riéndose, divertida.

—Sí, eso es lo que espero —Marie-Claire hizo una mueca ante la mofa de su hermana—. ¿Algún consejo?

—Sí, mantente alejada de los hombres —respondió Lise.

—¿Y me lo dice una recién casada? —la sonrisa de Marie-Claire se desvaneció y miró preocupada a su hermana Ariane.

—Ya sabes que Wilhelm y yo nunca hemos sido muy románticos —añadió Lise.

—Sí, pero por lo menos creíamos que erais buenos amigos.

Lise se encogió de hombros.

—Se dice que incluso para los amantes, el primer año es el más difícil. Así que imagino que para los amigos tiene que ser... aún peor.

A Marie-Claire le dolieron las palabras de su hermana. Ella no se imaginaba casándose por conveniencia. Tenía suerte de que su padre no la hubiera elegido a ella para hacer una alianza entre St. Michel y Rhineland, porque aunque Wilhelm era un hombre guapo y encantador, no había ni rastro de humanidad en sus profundos ojos marrones.

No eran como los de Sebastian, cuando la miraba y sostenía su mirada a través de una sala llena de gente. Marie-Claire hizo un gesto con la cabeza. Ya pensaría en el matrimonio de Lise en otra ocasión. Aquella noche tenía una cita con el destino.

—¿Y tú no me das ningún consejo? —añadió dirigiéndose a su otra hermana—. ¿Puedes decirme algo para ayudarme en mi misión?

—¿Uno sencillo? No te caigas al suelo, intenta mantener el peinado y cuida tus dientes, si comes. Habla cuando te hable y nunca, nunca, demuestres tus sentimientos. Sé reservada. A los hombres les gusta eso.

—¿Sí? —preguntó Marie-Claire frunciendo el ceño.

Ariane siempre había sido la hermana más práctica. Pero Marie-Claire tenía un espíritu mucho más libre.

—Me voy.

—Pero si no hemos acabado todavía...

—¿Y qué?

—¿No estarás diciendo que estás pensando en bajar tú sola?

—Por favor. Lise... Estamos en el siglo XXI y no tenemos que hacer todo lo que nos ordenen —Marie-Claire abrió la puerta doble y salió al pasillo—. Y no os retraséis u os perderéis lo mejor.

Mientras Sebastian LeMarc observaba a Marie-Claire descender la escalera del espectacular salón Cristal, llamado así por la impresionante lámpara de cristal que colgaba del techo, retrocedió cinco años, a una noche no muy distinta de aquella.

Sus ojos se habían encontrado con los de ella y la vieja llama había prendido en sus entrañas. Y lo mismo había ocurrido durante aquellos últimos cinco años cada vez que se habían mirado a los ojos.

Sí, la primera vez había sido en una noche muy parecida a aquella. Era un dos de septiembre, para ser exactos. El aire también estaba cargado y hacía un calor húmedo. Nubes negras amenazaban en el horizonte y, a lo lejos, se oía de vez en cuando el sonido de un trueno. Los árboles acababan de empezar a convertirse en lo que pronto sería un caleidoscopio de amarillos, dorados, anaranjados y rojos.

Era el momento del día en que el sol

arrojaba su última luz sobre las colinas lejanas y un barniz dorado cubría la tierra, convirtiendo las gotas de lluvia en diamantes y las hojas de los árboles en una masa de color vibrante y traslúcida que podría rivalizar con el tesoro de un pirata. Contra el gris del cielo, esos colores cobraban vida de un modo que muy pocos pintores habían podido reflejar en el lienzo.

Sebastian había estado montando a caballo con unos amigos y se había detenido para ver la mágica escena. Sus amigos, parientes del rey y dignatarios que estaban de visita por motivos políticos, no se habían molestado en mirar y habían continuado hasta los establos de palacio.

El aire contenía una sensación extraña.

Pero no sabía por qué. Sebastian no era capaz de explicar la procedencia de la inquietud que sentía. Quizá era por el cambio de estación, por la melancolía de decir adiós a una época soleada y prepararse para pasar varios meses junto al fuego.

O quizá fuera porque le faltaban solo tres años para cumplir los treinta. Una edad en la que la gente solía empezar a buscar cierta estabilidad. Una edad en la que los hombres como él solían casarse o pensaban en contribuir a la sociedad de una manera distinta y no simplemente cazando con sus amigos de la aristocracia, a la que pertenecía desde la cuna.

Sebastian había permanecido en su montura pensando en su universo particular mientras el sol descendía detrás de unas colinas distantes y las sombras crecían.

Y entonces, justo cuando iba a recogerse para la noche, vio que un jinete salía del establo más alejado, dentro del recinto de los establos reales. El jinete cruzó el jardín sobre su caballo y se dirigió hacia el bosque que había a un kilómetro de la línea de los establos.

Sebastian observó la escena. ¿Dónde podía ir aquel muchacho a esas horas? A menos que sus intenciones no fueran buenas.

Sebastian obligó a su caballo a que diera media vuelta y salió detrás del muchacho.

El viento soplaba en sus oídos mientras él, agachado sobre el caballo, seguía al chico por las colinas que rodeaban St. Michel hacia los límites de un bosque cercano. Se decía que en aquel bosque todavía había dragones y un grupo de hadas. Bueno, Sebastian no sabía si era cierto, pero cuando alcanzara al muchacho, quizá a él mismo le saldría fuego por la boca, como si fuera un dragón.

Cuando llegó al bosque, tuvo que aminorar la marcha para elegir bien el camino entre las ramas bajas. Oía al muchacho avanzar delante de él y más allá pudo oír una corriente de agua. Era una poza propiedad del rey.

Seguramente el chico era un cazador furtivo, pensó Sebastian. Así que, apretando los labios y decidido. continuó tratando de no delatarse. Iba muy despacio y la oscuridad era cada vez mayor entre los árboles.

De repente, el cielo pareció abrirse y notó cómo empezaban a caer las primeras gotas de lluvia. Obligando a su caballo a que continuara, se adentró entre las ramas y vio una imagen que le cortó la respiración.

No era un chico quien estaba sobre una roca, quitándose la ropa.

No.

¡Era una muchacha!

Había atado el caballo a un árbol cercano a la orilla del agua, un poco más abajo de donde estaba ella, cuyo cuerpo se recortaba contra un fondo de ramas de abeto. El sol le llegaba por detrás y sus rayos arrojaban sobre ella una serie de brillos caprichosos que le daban un aspecto mágico.

Incapaz de apartar los ojos de ella, Sebastian la observó mientras se quitaba la blusa y los pantalones, dejándolos amontonados en el suelo.

Luego, cubierta únicamente por dos

prendas diminutas de encaje, que no dejaban nada a la imaginación, se quedó mirando el modo en que los rayos del sol formaban dibujos dorados sobre la superficie del agua.

Sebastian la contemplaba fascinado. ¿Quién sería aquella mujer? No era una persona que ayudara en el establo, estaba seguro, ya que nunca contrataban mujeres para ese trabajo en concreto.

Su cuerpo era delgado y esbelto, pero a la vez tenía las curvas adecuadas. Sus piernas eran torneadas y musculosas, evidentemente por haber montado a caballo durante años. Y su cabello era brillante y dorado.

Sebastian sabía que probablemente no debería estar allí mirándola de esa manera, cuando ella creía que se encontraba a solas. Pero por otro lado, ella tampoco tendría que estar allí casi de noche. No era seguro. A una mujer que fuera a nadar sola por la noche le podía pasar cualquier cosa.

Así que decidió quedarse, por si ella lo necesitaba. Entonces la vio acercarse al borde de la roca sobre la que estaba. Se quedó un rato observando la superficie oscura del agua que tenía debajo y luego, como a cámara lenta, se balanceó sobre sus pies, se agachó y usando la roca como trampolín, se arqueó sobre el agua y ejecutó un salto perfecto.

Al verla desaparecer bajo el agua, Sebastian se sintió como si fuera una pelota de golf que se hubiera metido en el agujero. Cuando las ondas del agua se calmaron, él empezó a preocuparse. ¿Dónde demonios estaba? Debía salir cuanto antes.

Sebastian se quedó mirando el lugar exacto por donde debía aparecer, preparado para saltar. Esperó otros tres segundos, cuatro...

La muchacha estaba en peligro. Seguramente se había golpeado con una roca o quizá se le había enganchado el pelo en alguna rama bajo el agua.

Se bajó del caballo y corrió hacia el agua. Justo cuando llegaba a la orilla de la poza, ella emergió de entre las aguas como un ave fénix. Su risa contagiosa se oyó como una campana mientras se quitaba el sujetador y las braguitas y los lanzaba por encima de su cabeza hacia la arena.

Sebastian solo pudo quedarse allí, observando. Su corazón palpitaba a toda velocidad y no sabía si regañarla por haberlo asustado o besarla porque estaba viva.

Era una muchacha preciosa.

Había conocido a muchas mujeres guapas y ricas, pero siempre lo aburrían. Las aristócratas eran muy sosas. Eran mujeres vulgares, siempre en busca de su trofeo particular, que no era otra cosa que un marido.

Pero esa mujer era diferente, estaba seguro. Se comportaba con una total falta de afectación que lo cautivaba. Y no podía evitar querer conocerla mejor. ¿Sería una chica del pueblo? Y si era así, ¿quién sería su padre?

También se preguntó si estaría casada. Pero no podía estarlo. Al menos, no se comportaba como una mujer casada. Su cuerpo y su personalidad traicionaban su juventud y Sebastian pensó que no podía tener más de veinte años. Veintidós como mucho.

Observándola, Sebastian sintió que el hastío lo abandonaba. En aquella sirena había algo misterioso, que le inspiraba pensamientos ridículos. Pensamientos que había dejado atrás hacía mucho tiempo, como el creer en que era posible encontrar el amor verdadero.

Sebastian tensó las manos cuando vio cómo ella se quedaba de espaldas a él, con el agua por la cintura.

Pero de repente, como si se hubiera dado cuenta de que no estaba sola, se volvió muy despacio, tapándose los senos con las manos. Entonces, al ver a Sebastian, se hundió en el agua.

—¿Quién está ahí?

Sebastian dio un paso hacia delante y la miró fijamente a los ojos. Ella sostuvo la mirada unos segundos.

—Quizá debería hacerte yo la misma

pregunta. Esto es propiedad del rey Philippe, y has infringido la ley al robarle uno de sus caballos y nadar en esta poza privada.

La mujer no pareció acobardarse y le sonrió.

—No le tengo miedo.

—Entonces quizá deberías tenerme miedo a mí.

—¿Y tú quién eres?

—Soy Sebastian LeMarc, un amigo de la familia real, y limpio las playas de nudistas cuando hace falta. ¿Y se puede saber quién eres tú?

Ella echó la cabeza hacia atrás y soltó una carcajada.

—¿Sabes, Sebastian LeMarc?, quizá deberías venir tú también al agua, a ver si se te enfrían las ideas.

Sebastian miró a aquella mocosa descarada. ¿Quién demonios se creía que era?

—Incluso si decidiera meterme en el agua, solo lo haría después de que hubieras salido tú.

—Como quieras —respondió ella, divertida.

Sebastian no pudo evitar sonreírse cuando ella se sumergió salpicando de gotitas el aire de la noche.

¿Qué iba a hacer con esa mujer? No tenía ninguna gana de aceptar su peligrosa propuesta, pero estar fuera del agua también sería peligroso.

La muchacha volvió a aparecer, solo que en aquella ocasión más cerca de la cascada y de Sebastian.

—Vamos, métete. El agua está muy buena.

—¿No te han dicho nunca tus padres que no juegues con desconocidos cuando estás desnuda?

La chica se echó a reír.

—Sí. pero tú no eres ningún desconocido.

—Solo sabes mi nombre.

—Pero también sé que mi padre confía en ti.

—¿Y quién es tu padre?

—¿De verdad no lo sabes?

—Si lo supiera, ¿para qué iba a preguntártelo?

—Soy la hija pequeña de Philippe de Bergeron, rey de St. Michel y propietario de esta poza.

Sebastian se quedó mirándola sin saber qué decir. Eso era imposible. ¡Marie-Claire Bergeron era una niña! Rebuscó en su memoria para tratar de recordar su edad, pero estaba seguro de que debía tener doce o trece años. En realidad, él nunca se había fijado mucho en las hijas del rey.

La muchacha nadó hacia la playa donde él estaba. Finalmente, encontró una roca donde apoyarse, de manera que el agua le llegaba por los hombros.

Los ojos de Sebastian bajaron hacia el comienzo de sus senos. De pronto, se sintió culpable del giro que estaban tomando sus pensamientos, levantó la vista y retrocedió.

—¿Sabe tu padre que estás aquí?

—Papá está demasiado ocupado para pensar en qué estoy haciendo yo.

—Pero a todos los padres les gusta que sus hijos estén seguros, sobre todo cuando anochece.

—Ya no soy una niña —protestó la chica—. Ayer cumplí dieciséis años, así que ya tengo edad de empezar a salir con chicos.

Sebastian dio un suspiro profundo. ¿Dieciséis años? Pero si era una niña...

—Tienes edad para que te den una buena paliza, y me dan ganas de ser yo quien te la propine. Sal del agua ahora mismo.

—Sácame tú.

—Eres una mocosa.

—Y tú, un aguafiestas.

Aquella chica le producía una rara mezcla de emociones. Tensó la mandíbula pensando en qué iba a hacer a continuación. Era inaudito que alguien, y sobre todo una adolescente, desafiara su autoridad. Cosa que, por raro que pareciera, le hizo sentirse feliz por unos instantes.

Estuvieron un rato sin hablar, envueltos en un silencio solo interrumpido por el sonido del agua y el cantar de los grillos. En la lejanía, se oyó una lechuza. El sol desapareció del todo y las nubes del horizonte se volvieron de color plata. Las gotas de lluvia que caían lentamente empezaron a caer con más insistencia. Pero ninguno de los dos se movió ni dijo nada.

O por lo menos, no con palabras.

Incluso así, sabían que lo que estaba sucediendo les había cambiado la vida. A ambos. Sebastian libraba una batalla en su interior, pero era demasiado ético como para aprovecharse de aquella niña.

«Eres demasiado joven.»

«Pero no siempre será así.»

«Esperaré.»

«Lo digo en serio.»

Asintió con la cabeza, se dio la vuelta y se subió a su caballo. Se dirigió al bosque.

—Vístete —ordenó sin mirar—. Te esperaré y te acompañaré a casa.

En aquella ocasión, ella no protestó.

Capítulo 2

Marie-Claire había cumplido veintiún años el día anterior. Sebastian lo sabía y recordó aquel día en la poza. Y en ese momento, la bella Marie-Claire de Bergeron estaba bajando la escalera sola. Todo el mundo se volvió hacia ella y Sebastian se fijó que los hombres la miraba con deseo.

Entonces lo invadió tal afán de protección, que abandonó a medias la conversación que estaba manteniendo con Wilhelm Rodin, el marido de Lise, y se dirigió al pie de la escalera.

Como tantas veces había ocurrido en el pasado, sus ojos se encontraron con los de ella, que lo transportaron a un mundo aparte. La diferencia era que en ese momento los dos sabían que ella ya era una mujer adulta y, por lo tanto, responsable de sus decisiones.

Como si la orquesta también se hubiera dado cuenta de la perfección del momento, comenzó a sonar un vals.

—¿Bailas? —le preguntó Sebastian a Marie-Claire.

—Sí.

Marie-Claire extendió su mano y él disimuló una sonrisa. Marie-Claire era increíble. Era capaz de darle gritos de ánimo en el campo de golf y a la vez de sonrojarse inocentemente luchando por demostrar la máxima elegancia. Aunque delicada y menuda, su mano era fuerte y se agarró a la de él para dejarse guiar a la pista de baile.

Cuando llegaron, ya había algunas parejas bailando sobre el suelo de mármol. El rey Philippe lo estaba haciendo con su mujer, la reina Celeste. La madre de Philippe, la reina Simone, estaba bailando con el primer ministro, René Davoine. Y junto a ellos había numerosos políticos de diferentes países.

Sebastian apretó el cuerpo de Marie-Claire contra el suyo y fue como llegar a casa. Aspiró su perfume y descansó la mano sobre su cintura. Tenerla así era más placentero que cualquiera de los sueños que había tenido nunca. Y tal como ya intuía, sus cuerpos se amoldaban como si hubieran nacido el uno para el otro.

Marie-Claire levantó la vista tímidamente. Era la primera vez que él la veía a esa distancia. Su piel era joven y perfecta, suave, de un color crema con un matiz canela. Esa noche, llevaba recogido su cabello de mechones dorados dejando al descubierto un cuello esbelto. Sus ojos almendrados reflejaban el brillo verde del traje de seda que llevaba. Una sonrisa abría sus labios ligeramente y Sebastian deseó cubrirlos con los suyos para comprobar si el beso que se darían era tan apasionado como había imaginado.

Sin embargo, aquellos no eran ni el momento ni el lugar adecuados. Sebastian quería que todo fuera perfecto. Y para ello debían estar a solas. De momento, se conformaría con el placer de tenerla entre sus brazos. Con eso y con saber que era el hombre más afortunado del salón.

—Ayer cumpliste veintiún años, ¿verdad?

—¿Cómo lo sabes?

—Matemáticas.

—¿Matemáticas?

—Un día como este, hace cinco años, tenías dieciséis.

Un rubor tiñó el delgado cuello de Marie-Claire y subió hasta sus mejillas.

—¿Te acuerdas de ese día? —preguntó ella.

—Ligeramente.

Algún día, cuando estuvieran casados, le confesaría que aquel recuerdo lo había perseguido continuamente, había arruinado las relaciones que había tenido con otras mujeres y, a veces, no lo había dejado dormir.

—Felicidades —añadió.

—Gracias —respondió ella..

—¿Qué hiciste esta vez para celebrarlo?

—Por una vez, no me bañé en la poza.

—Muy mal.

De nuevo, Marie-Claire se ruborizó.

—Papá me llevó a París a pasar el día y me compré este vestido.

—Una estupenda elección.

—¿De veras?

—Mmm. Creo que se puede decir que eres la más guapa de mis animadoras.

Marie-Claire dio un suspiro y miró al suelo.

—¿Me oíste?

Sebastian bajó la cabeza para mirarla a los ojos.

—Marie-Claire, gracias a las maravillas de la televisión por cable, todo el mundo te ha oído.

—Qué tortura.

—Pues a mí me pareció encantador.

La muchacha hizo una mueca.

—¿Ahora todo el mundo pensará que estoy enamorada de ti como una colegiala.

—¿Y es verdad?

De repente, Marie-Claire pareció olvidarse de su propósito de comportarse como una dama y se echó a reír, haciendo que el corazón de Sebastian comenzara a latir más deprisa.

—Bueno, ya que el mundo entero lo sabe, imagino que es inútil negarlo. Creo que se puede decir que siento una... atracción por ti. Pero estoy luchando por superarlo —levantó un dedo para enfatizar sus palabras—. Incluso estoy pensando en seguir alguna terapia.

—Por mí no lo hagas.

—¿El qué?

—No abandones tu... adicción.

—¿No?

—No

—Ah —exclamó ella, mirándolo a los ojos y sonriendo.

Cuando Sebastian sonrió a su vez, a ella le dio un vuelco el corazón. Ese era un momento perfecto. Y justo entonces la orquesta comenzó a tocar una melodía rápida que acabó convirtiéndose en una rumba.

A Marie-Claire le encantaba la rumba.

—¿Interrumpo?

Eduardo, con una sonrisa ancha e inocentona en los labios, que dejaba ver toda su dentadura, dio un golpecito a Sebastian en el hombro. Su cabello crespo estaba peinado hacia atrás y lo llevaba pegado a la cabeza de tal modo, que seguramente debía haberse echado un frasco entero de fijador. El esmoquin le quedaba ligeramente corto en las mangas.

Sin decir nada más, el muchacho agarró a Marie-Claire. Ella estuvo a punto de dar un grito cuando Sebastian se apartó a un lado y, con evidente desgana, la dejó a merced de Eduardo van Groober.

«¡Vaya, justo cuando las cosas están empezando a ponerse interesantes!», pensó.

—¿Me reservarás luego otro baile? —preguntó Sebastian.

Marie-Claire asintió y observó tristemente cómo Sebastian se alejaba y se dirigía sin darse cuenta hacia la baronesa Veronike Schroeder, que era muy guapa y tenía fama de ser una mujer liberal en cuanto a las relaciones sexuales con los hombres.

Antes de que Sebastian tuviera tiempo de reaccionar, Veronike desplegó su telaraña, lo atrapó en ella y lo llevó a la pista de baile, dispuesta para el ataque final.

Eduardo hizo un extraño intento de comenzar una conversación que Marie-Claire escuchó a medias. Y cuando dejó de tratar de impresionarla con su progreso en el equipo de golf de la escuela, enterró su nariz en el cabello de ella. Mientras tanto, MarieClaire no le quitaba ojo a Sebastian.

Ni a Veronike.

Aquella mujer, que aseguraba descender de la aristocracia alemana, tenía una fuerte personalidad y siempre que quería algo, acababa consiguiéndolo. También era conocida porque le gustaba disfrutar, de vez en cuando, de la compañía de un guapo playboy.

Marie-Claire se puso celosa. Comparada con Veronike, ella se sentía como una adolescente inmadura. La inseguridad la asaltó mientras veía a Veronike hablar seductoramente con Sebastian. En ese momento, estaba inclinándose sobre él con su traje diminuto de seda, toda pestañas y labios rojos.

El vestido que llevaba la sirena alemana no dejaba apenas nada a la imaginación. Sus generosos senos, que se apretaban contra el pecho de Sebastian, parecían a estar a punto de salirse del vestido. Y sus caderas se acoplaban contra las de su pareja de baile de un todo que los molares de Marie-Claire iban a quedar reducidos a polvo al final de la noche si no hacía un esfuerzo por pensar en otra cosa y dejar de apretar la mandíbula.

Wilhelm dio un golpecito a Eduardo en el hombro. Este, que no tenía ganas de soltar a Marie-Claire, hizo un gesto de disgusto y se marchó.

Lo que Eduardo tenía de hablador, Wilhelm lo tenía de reservado, así que Marie-Claire se concentró en sus pensamientos.

Recordó la estúpida conversación que había mantenido con Sebastian momentos antes y se preguntó si tendría alguna posibilidad de conquistarlo si tenía que luchar con los encantos de Veronike.

Entonces se dio cuenta de que quizá había sido demasiado impulsiva. Sí, sus hermanas tenían razón. Era demasiado espontánea. En el siguiente baile con Sebastian, si volvían a bailar juntos, esperaba poder controlar su estúpida lengua antes de confesarle que tenía mas de arrancarle la cabellera a Veronike.

Marie-Claire cerró los ojos al recordar lo bien que se había sentido en brazos de Sebastian; y sabía que había sido mutuo. Gimió y un escalofrío involuntario recorrió todo el cuerpo. Echó la cabeza hacia atrás y apretó ligeramente a Wilhelm al recordar el fuerte cuerpo de Sebastian guiándola por la pista de baile. Inmediatamente lamentó el impulso al ver cómo la miraba su cuñado.

—Es que me duele la rodilla —mintió.

Después de varias vueltas más en brazos de Wilhelm, su padre fue a rescatarla, justo antes de que Eduardo la abordara de nuevo. El disgusto del muchacho fue evidente.

—Estás muy guapa hoy, hija. Este vestido te queda muy bien.

Viniendo de su padre, el piropo la llenó

de orgullo. Aunque el rey Philippe no era muy efusivo, Marie-Claire sabía que la quería mucho. De hecho era su favorita, al ser la pequeña de las tres hijas que le había dado su primera mujer, ya fallecida.

—Gracias. Tú también estás muy guapo esta noche —respondió ella dándole un beso cariñoso.

—No, no. Ya sé que lo dices solo para animar a este anciano.

—Con cincuenta y un años no eres ningún anciano.

—Debe ser porque tú solo tienes veintiuno. Yo tenía la edad de Sebastian cuando tú viniste al mundo.

—Si

—Me he dado cuenta de cómo lo miras —comentó, sonriente.

—Espero que mi comportamiento en el campo de golf no te haya hecho pensar que estoy loca por él.

Su padre soltó una carcajada sincera y Marie-Claire no pudo evitar fijarse en lo atractivo que todavía era. El pequeño hoyuelo en la barbilla y el brillo de sus ojos le recordaban a uno de sus actores favoritos, aunque quizá Michael Douglas no fuera tan alto. Ya otras personas le habían señalado al rey el parecido. También se parecían en que a ambos les gustaba casarse con mujeres jóvenes y guapas.

Marie-Claire miró a Celeste, que estaba hablando con el primer ministro y soltó una carcajada.

—Me imagino que podrías dar con alguien peor que con Sebastian.

—¡Papá! —exclamó ella con las mejillas encendidas. —Eres muy guapa, Marie-Claire. Desgraciadamente para mí, ha llegado el momento de dejarte marchar.

El rey estrechó a Marie-Claire entre sus brazos.

—¡Dios no lo quiera!

—Estoy seguro de que harás cosas grandes en la vida, hija mía, y quiero que sepas que estoy muy orgulloso de ti.

Marie-Claire sintió un nudo en la garganta ante aquellas cariñosas palabras e, impulsivamente, se puso de puntillas para darle un beso en la mejilla.

El rey tuvo que esforzarse por contener las lágrimas.

Conforme transcurría la noche, Sebastian y Marie-Claire se vieron obligados a bailar con otras personas. Afortunadamente, Veronike era una mujer muy popular y tampoco pudo dedicarle mucho tiempo a Sebastian. Además, Marie-Claire se daba cuenta de su conexión invisible con Sebastian y eso la hizo sentirse más segura de sí misma. Incapaz de dejar de mirarlo, a veces le resultaba bastante difícil atender a la conversación que estaba manteniendo.

—Tengo entendido que te gustan mucho las películas antiguas —le dijo Charles Rodin, el hermano de Wilhelm—. ¿Conoces La costilla de Adán?

—No, nunca he probado ese plato, aunque me gusta mucho la carne a la parrilla...

—¿Que?

O un poco después, con Etienne Kroninberg, príncipe de Rhineland:

—Me han dicho que su hermana Ariane está planeando visitar mi país.

No, Ariane está por aquí, no sé dónde exactamente. Creo que la he visto hace un rato...

Etienne abrió la boca para decir algo, pero luego pareció pensárselo mejor y la cerró.

O con el primer ministro:

—Tu abuela está muy guapa esta noche. La victoria de nuestro equipo parece que le ha puesto rosas en las mejillas.

—Sí, son unas flores muy bonitas.

Y también pisó a sus compañeros de baile en más de una ocasión.

Pero finalmente, después de lo que pareció una eternidad, Sebastian fue hacia donde estaba y le pidió a un primo tercero bastante pesado que le dejara bailar con ella.

—¿Hace calor aquí... o soy yo? —Sebastian inclinó la cabeza y arqueó una ceja con expresión divertida,

—Creo que no existe ninguna manera decente de contestar a eso.

A Sebastian le sorprendió su ingenio.

—¿Te apetece que salgamos al balcón a tomar un poco de aire fresco?

—¿Por qué no?

—Pues entonces vamos. Así avivaremos además los rumores sobre nosotros.

El corazón de Marie-Claire latió en su pecho al notar la calidez íntima de la voz de Sebastian.

La terraza de la sala era tan grande como la sala misma. La barandilla tenía unos barrotes tan anchos como barriles de vino. Estaba iluminada por la luz procedente del palacio y la música que llegaba desde el interior, una pieza de Vivaldi, se mezclaba dulcemente con el aire de la noche. Olía a hojas quemadas y a las últimas fragancias de las flores del verano.

Marie-Claire nunca se había sentido mejor. Tan viva. Tan llena de vitalidad. El roce de la mano de Sebastian con la suya era cálido y su calor se extendía por su brazo y se agolpaba en su pecho dificultándole la respiración.

Había soñado siempre con aquel momento. Un momento en el que estaría a solas con el hombre con el que se había comprometido sin palabras cinco años atrás, a la luz del crepúsculo. Porque a pesar de que hasta entonces solo habían hablado de cosas generales, existía una unión innegable entre ellos.

Quizá fuera cosa del destino. Pero, en cualquier caso, daba igual el nombre que se le pusiera. Marie-Claire pensaba que Dios mismo quería que estuvieran juntos y nadie podría evitarlo.

Un viento cálido derramó varias hojas secas en el suelo y jugó con la falda y el pelo de Marie-Claire. Un violento estremecimiento recorrió su cuerpo y le hizo un nudo en la garganta.

—¿Tienes frío?

Marie-Claire tragó saliva.

—No. En realidad es al contrario.

Sebastian se deshizo el nudo de la corbata y se desabrochó un botón.

—Da igual.

Mientras ellos caminaban, otras parejas parecieron empezar a sentir también el ambiente cargado de la sala de baile y salieron en busca de aire fresco y de un poco de intimidad. También vieron a Eduardo. Estaba mirando a través de las ventanas, obviamente en busca de Marie-Claire.

—Vamos.

Sebastian la agarró de la mano y la arrastró hacia una zona en penumbra, donde bajaron una inmensa escalera. Delante de ellos había un mar de hierba y Marie-Claire se quitó los tacones para poder seguir el paso de Sebastian.

—La última vez que estuvimos juntos tú tenias dieciséis años. Justo la edad en que podías empezar a salir con chicos — entrelazó el brazo de Marie-Claire con el suyo y la miró con una sonrisa irresistible—. ¿No es así?

—Sí.

Marie-Claire apenas podía pensar con claridad. La lana de la chaqueta de Sebastian hacia un sonido suave contra su vestido verde.

—¿Y lo hiciste?

—¿El qué?

—¿Empezaste a salir con chicos?

—Eh...

¡Qué vergüenza! ¿Cómo ocultar la verdad y comportarse como la mujer de mundo que deseaba ser para Sebastian? Se notó la boca seca y se humedeció los labios.

—Bueno..., la verdad es que no inmediatamente. En realidad, mi padre se dio cuenta de mis planes y me envió a un internado femenino.

—Ya lo sé.

—¿Lo sabías?

—Quizá sin darme cuenta mencioné tus intenciones de empezar a salir con hombres después de acompañarte a casa aquella noche.

Marie-Claire abrió los ojos de par en par e hizo un ruido ininteligible.

—Al parecer, tu padre no se había dado cuenta de tus planes —continuó Sebastian—. Y yo tampoco pensé que quizá querrías mantenerlos en secreto.

—Pues claro que quería mantenerlos en secreto. ¿Así que tú fuiste el culpable de que me internaran dos años en ese horrible lugar?

—Lo siento.

—Deberías sentirlo, desde luego. La experiencia fue bastante dolorosa.

—Sí, veo que te ha dejado socialmente marcada.

Marie-Claire hizo un esfuerzo para no soltar una carcajada y fijó la vista en el suelo.

—Así que lo de salir con chicos lo tuve que posponer hasta... la universidad.

—Ah, pero ¿no fuiste a una universidad solo para chicas?

—No me digas que eso también te lo debo a ti.

—Por supuesto que no —Sebastian se

encogió de hombros—. Yo quizá expresara mi opinión, pero la decisión final fue de tu padre.

Confundida, Marie-Claire levantó la vista hacia él. ¿Cómo iba a convencerlo de que era toda una adulta cuando, en parte gracias a él, había sido enclaustrada como una perla cultivada?

Recordó los labios seductores de Veronike y se negó a dejar que Sebastian siguiera pensando que era una especie de doncella sin experiencia.

Aunque fuera cierto.

—En realidad, debería haber habido solo chicas, pero también había hombres —trató de recordar el nombre de sus profesores—. Estaban..., espera, Alonso, Barnaby y... mmm... —cómo se llamaba?— Cedrich. Y también...

—¿Es una lista de tus amantes por orden alfabético?

Marie-Claire levantó la barbilla y vio un brillo especial en los ojos de Sebastian.

—La verdad es que no he salido nunca con ningún hombre.

—Eso espero.

—Ah, con que eso esperas... ¿Y se puede saber por qué?

—Porque eres mía.

En ese momento, llegaron a un inmenso

estanque y se quedaron parados. Marie-Claire se sentía algo sorprendida. Por un instante, todo se desvaneció y unas cuantas lucecitas comenzaron a brillar en sus ojos. Su corazón palpitó y una alegría inmensa se extendió por todo su cuerpo.

—Ah.

La declaración de él parecía flotar todavía en el aire.

—Parece que no te ha sorprendido mucho.

Sebastian se puso delante de ella y colocó un dedo en su barbilla para levantársela.

—No.

—Hay algo especial entre nosotros —aseguro él—. Lo ha habido desde aquella noche. Tú también lo notas, ¿verdad?

—Sí.

—Algo especial. Es casi como si fuéramos... —miró hacia el cielo buscando las palabras— almas gemelas.

—Lo sé —afirmó Marie-Claire.

Sebastian se giró hacia ella y permanecieron un buen rato mirándose el uno al otro a la luz de la luna. Fue un momento poderoso. lleno de una tensión palpable.

Marie-Claire se dio cuenta de que Sebastian estaba tan sorprendido como ella por la química que había entre ellos. Por un momento, pareció perder su seguridad y en sus ojos asomó una expresión de vulnerabilidad.

Delante de ellos, el «caballo del rey» parecía flotar sobre la superficie del estanque. Aquella estatua del caballo de su tatarabuelo estaba flanqueada a ambos lados por dos yeguas, también inmensas. El paso del tiempo había dejado sobre el metal una pátina de color verde oscuro. La fuente resultaba espectacular cuando la iluminaban para fiestas como la de aquella noche.

Incapaz de soportar la tensión por más tiempo, Sebastian se volvió hacia ella y la arrastró hacia el borde del estanque. Se subió encima del muro y la ayudó luego a subirse a su lado. A lo lejos, se oía una melodía.

Sebastian se quitó sus brillantes zapatos y los tiró al suelo. Luego le quitó a ella los suyos de las manos y los tiró al lado de los otros.

—No has vuelto a bailar conmigo.

Marie-Claire levantó los brazos y los colocó sobre sus hombros.

—Ni tú tampoco.

—¿Bailamos?

—Sí.

Marie-Claire dio un grito sofocado cuando él la agarró por la cintura y la metió dentro del estanque. El agua les llegaba a las rodillas y el vestido de seda floto unos instantes antes de sumergirse y enredarse en sus tobillos. Sebastian la tomó en sus brazos y comenzaron a bailar.

Marie-Claire se separó de él para contemplar su atractivo rostro y entonces se prometió a sí misma que recordaría siempre aquel momento. Era como un sueño que se había hecho realidad.

Jugaron a separarse y abrazarse y la risa de Marie-Claire sonaba contagiosamente. Su espontánea alegría hizo que algunas personas que estaban en la barandilla sonrieran. Era extraño ver a la hija más pequeña del rey jugando en el estanque con el soltero más famoso del país.

Conforme el ritmo de la música aumentaba, también lo hacían sus travesuras.

Sebastian levantó en volandas a Marie-Claire y empezó a dar vueltas hasta que corrieron peligro de caerse al agua.

—¡Nos vamos a empapar! —Marie-Claire se agarró a su cuello y deseó que la felicidad que sentía durara siempre.

—No mires ahora —Sebastian la dejó en el suelo y la abrazó contra su sólido pecho—. Ya estamos bastante mojados.

Marie-Claire hizo un puchero y se apartó para mirarse el vestido. Su voluminosa falda estaba arrugada contra sus piernas.

—No puedo volver así al baile.

—Sí. Mojaríamos todo el suelo.

—Y la gente podría resbalarse.

—¿Me avisarás si decides quitarte el vestido para bañarte desnuda?

—¿Podré hacerte olvidar aquella noche alguna vez?

—No creo.

Se miraron a los ojos y sus narices se rozaron. Marie-Claire sintió el aliento de Sebastian contra sus labios.

—Incluso cuando estabas en el internado, no podía dejar de pensar en ti —dijo él.

—Lo sé. A mí me pasaba lo mismo.

—Eras muy joven.

—Ya lo sé.

Más de una vez había pensado que Sebastian podría haberse aprovechado de su enamoramiento infantil. Pero no lo había hecho porque era un hombre de honor. Y aquella era solo una de las muchas cualidades que admiraba en él.

—Pero ya no lo soy —añadió.

—No, ya no lo eres —contestó Sebastian con una expresión que delataba que estaba recordando su primer encuentro—. Ha sido horrible esperar a que crezcas, pero sabía que si hubiera pasado algo antes de que cumplieras la mayoría de edad, habría habido problemas con tu padre. Sin embargo....

durante todo este tiempo me he preguntado... y deseado...

En ese momento, los labios de él estaban casi rozando los de ella mientras hablaban. Y finalmente, él se inclinó hasta que los labios de ambos se juntaron de un modo tan suave que Marie-Claire dudó si estaría soñando.

Aquello fue suficiente para que los rescoldos, todavía calientes, volvieran a arder.

El beso no tardó en volverse apasionado. Los brazos de Sebastian agarraron a Marie-Claire por la cintura y la atrajeron hacia sí mientras su boca se cerraba sobre la de ella. Los años de espera y de dudas habían terminado y fue un tremendo alivio cuando sus cuerpos. sus bocas y sus almas se unieron al fin.

El beso se volvió más y más profundo mientras sus corazones comenzaban a palpitar al mismo ritmo. Fue un beso mediante el que trataron de recuperar aquellos cinco años que habían pasado desde su primer encuentro.

Marie-Claire enredó sus dedos en el cabello de Sebastian cuando este se inclinó para mordisquear y besar su cuello. Una llamarada le recorrió la espalda y se clavó en su vientre. Luego notó que se le erizaba la piel y que el corazón comenzaba a latirle a toda velocidad.

Le resultaba lo más natural del mundo estar allí besándose con Sebastian LeMarc. Era como si su relación con él estuviera más allá del tiempo y del espacio. Era como si cada uno fuera la mitad del otro, de manera que solo estaban completos cuando estaban juntos.

Cosa que ya habían descubierto aquella noche cinco años atrás.

Sebastian agarró el rostro de Marie-Claire entre sus manos y separó su boca de la de ella.

—¡Marie-Claire! —la llamó alguien.

—Nos han descubierto —susurro él.

Sebastian le dio un último beso y se apartó de ella.

—Es mi hermana Ariane. ¿Tú crees que si no le hacemos caso, se irá?

—Creo que no. Parece enfadada.

—No sé por qué. Ya soy lo suficientemente mayor como para cuidar de mí misma. Seguro que nos ha visto y quiere recordarme que tengo que ser más recatada.

—Pues llega demasiado tarde.

—Podríamos echar a correr —sugirió Marie-Claire esperanzada.

—Tu falda pesa mucho. Te tendría que llevar sobre la espalda y eso me haría ir despacio. Pero quizá podríamos salvarnos si seguimos besándonos.

Marie-Claire se echó a reír.

—¡Marie-Claire, ven rápido! Es papá. Ha tenido un ataque.

Capítulo 3

Seis meses después.

ERA maravilloso volver a casa.

Marie-Claire acababa de terminar de deshacer su equipaje y fue hacia la ventana de su estudio para ver el conocido paisaje. Hacía muy bueno para estar en marzo y las flores se habían abierto muy pronto. Debajo, un verdadero ejército de jardineros se afanaba sobre los alrededores de palacio. Se oía el sonido de la máquina cortacésped y la dulce fragancia de la hierba recién cortada llenaba el aire.

Marie-Claire tragó saliva para aclarar el nudo que sentía en la garganta. La primavera era la estación favorita de su padre. El siempre solía decir que era la época de empezar nuevas empresas. Miró distraídamente hacia la fuente donde ella y Sebastian habían estado bailando aquella noche.

Su pequeño país, St. Michel, estaba empezando a recuperarse de la inesperada muerte del rey Philippe. Pero Marie-Claire dudaba que ella pudiera algún día recuperarse de aquella herida mortal. El suspiro que dio empañó el cristal.

Gracias a Dios que había tenido a Sebastian a su lado.

Durante el funeral y los días siguientes, se había mostrado sólido como una roca. A pesar de que él también estaba sufriendo mucho, pues el rey Philippe había sido como un padre para él, había ayudado en todo momento a Marie-Claire. La tragedia solo había servido para reforzar aún más la especial unión que había entre ellos.

Aun así, seguía muy triste por la perdida de su padre. A pesar de ser ya una mujer adulta, con dinero, poder y el prestigio que daba la realeza, sentía una gran congoja que nada podía hacer desaparecer. Y el haber sido la favorita de su padre solo servía para aumentar su angustia.

Se había sumergido en una profunda depresión y su habitual alegría había desaparecido por completo. Se había vuelto triste, lloraba sin ningún motivo y le daba igual morir que vivir. Había pensado que no podría estar con nadie, y menos con Sebastian, hasta que pasara un tiempo. Así que, una semana después de que su padre fuera enterrado, se había ido a descansar a casa de su abuela materna, Tatiana, en Dinamarca.

La última vez que había visto a Sebastian había sido cuando este la había llevado al aeropuerto, y se habían despedido con un beso. Había sido un beso muy emotivo, lleno de promesas y esperanza, pero también de tristeza. Y sabiendo que aquella nueva separación, justo después de haberse reencontrado, iba a ser muy dura.

Y lo había sido.

Marie-Claire estaba segura de que lo que se habían gastado en teléfono podría haber servido para pagar la deuda externa de su país. Pero merecía la pena oír la voz de Sebastian relatándole las novedades en St. Michel.

En cuanto a Tatiana, la había ayudado a pasar lo peor, quedándose con ella hasta tarde por la noche, secando sus lágrimas, contándole anécdotas de su padre de cuando ella había nacido y ofreciéndole sus consejos. Era una mujer muy inteligente. Pero después de que pasara el primer mes, Tatiana no había tenido tiempo de seguir cuidando a Marie-Claire, así que la había puesto a trabajar como voluntaria en un hospital infantil, con la esperanza de ayudarla a entender que la lluvia cae sobre los justos y los injustos.

Y había funcionado.

Marie-Claire se había enamorado inmediatamente de los niños y, en su esfuerzo por consolarlos, había recibido un gran consuelo. No había nada como el contacto de unos bracitos alrededor del cuello para borrar la tristeza. Así que en poco tiempo, Marie-Claire había encontrado un nuevo motivo para seguir viviendo. Tatiana, con un suave golpecito, la había empujado fuera del nido.

—La vida es demasiado corta para perder ni siquiera un minuto —murmuró Marie-Claire contra la ventana.

A lo lejos, vio de repente el «caballo del rey», y no pudo evitar que una sensación de felicidad llenara su pecho.

—Demasiado corta...

Se separó de la ventana y marcó un número teléfono.

—Hola, Sebastian. He vuelto.

Sebastian colgó el teléfono y por primera vez en mucho tiempo, sonrió de corazón. Marie-Claire había regresado y la vería al cabo de menos de una hora. Entonces la abrazaría y la besaría. La espera se le había hecho eterna. Aquellos seis meses le parecieron más largos que los cinco años previos. Sí, esperar a que creciera Marie-Claire había sido una prueba de paciencia, pero después de probar la pasión de sus besos, estar sin ella había sido un infierno.

Más de una vez había estado tentado de irrumpir en casa de Tatiana para llevarse lo que era suyo, pero sabía que Marie-Claire necesitaba tiempo para recuperarse. Y si lo pensaba un poco, a él también le iba bien.

La muerte de Philippe había sido un tremendo golpe para él. Peor aún que cuando de niño había perdido a su propio padre. Porque desde siempre, la familia LeMarc y la familia real habían estado muy unidas, y Philippe había sido siempre muy bueno con Sebastian, posiblemente al ver en él al hijo que nunca había tenido. Philippe había sido su mentor y el espejo en el que mirarse.

Así que Sebastian lo echaba mucho de menos. Casi tanto como a Marie-Elaire.

Tomó su chaqueta en el momento en que su madre entraba en el salón de la casa de campo.

—¿Sales? ¡Pero si acabas de llegar! —la cara de Claudette se puso triste al ver que su único hijo se ponía la chaqueta y se colocaba la corbata.

—Lo siento, mamá. La familia real me ha pedido que vaya a comer con ellos.

—Bueno, ya era hora —respondió Claudette. Se tocó el cabello, todavía sin canas a sus cincuenta y dos años, y se miró la ropa. No puedo ir así, pero no tardaré nada en estar lista.

—Madre...

Claudette se detuvo en seco y, sin volverse, dio un suspiro profundo.

—¿Es que no estoy invitada? Bueno, lo entiendo -hizo un gesto con la mano y se sentó en uno de los sofás, como si no le importara.

Pero Sebastian sabía que le había dolido. Su madre siempre había sido una enamorada de todo lo que olía a aristocracia y, desde la muerte de su influyente marido, se había perdido múltiples eventos en palacio.

—Estoy seguro de que se les ha olvidado sin querer.

—Claro -la mujer soltó una carcajada amarga-. ¿Por qué te iban a invitar antes que a mí?

—Por supuesto. Ha sido un simple descuido. Les daré recuerdos tuyos.

—Sí, hazlo, hijo. Y diles lo mucho que me ha dolido la muerte de Philippe.

Su madre agarró un espejo dorado que había en la mesita cercana al sofá y se miró para buscar restos de maquillaje.

—Sí, se lo diré.

—Muy bien. ¿Y cuándo vas a volver? Nunca tenemos tiempo de hablar y quiero comentarte un asunto.

—¿Qué asunto?

—Tiene que ver con el... dinero. No puedo creérmelo, pero parece que tengo problemas en el banco. Estoy segura de que tiene que ser un error. Algún idiota ha puesto una cifra equivocada y me han dejado prácticamente sin un penique. ¿Podrías solucionarlo por mí?

—Madre...

Claudette se ofendió por el tono de su hijo.

—¡He sido muy cuidadosa, te lo juro!

—Iré al banco y miraré cómo va tu cuenta, pero sigo pensando que tienes que aprender a vivir de manera menos ostentosa.

Claudette soltó un gemido.

—¿Y qué van a decir mis amigas?

Su círculo de amigas gastaban el dinero como si fuera algo que uno plantara y creciera solo.

—Me imagino que puedo pagar tus deudas por esta vez, pero creo que ya es hora de que empieces a gastar menos.

—¿Gastar menos?

—Sí, piénsalo -Sebastian se dirigió hacia el gran vestíbulo de la mansión-. Cuando vuelva hablaremos de ello.

Claudette lo siguió hasta la puerta y lo observó mientras subía a su brillante Peugeot.

—Tráeme algunos de esos bombones que ponen de postre.

Sebastian le dijo adiós con la mano.

Marie-Claire supo que Sebastian había llegado antes incluso de verlo. En cuanto oyó la puerta de un coche, corrió a la puerta de servicio y se arrojó en sus brazos. El la levantó en volandas y se besaron como si necesitaran el contacto de los labios del otro para sobrevivir.

—¡Ya estás aquí! -dijo Marie-Claire cuando fue capaz de hablar.

—Mmm -Sebastian, impaciente, la agarró de nuevo para seguir besándola-. Mmm.

¡Era maravilloso verlo, sentirlo, oler su piel, probar su boca! Solo había podido estar separada tanto tiempo de él por la muerte de su padre. Era la prueba del dolor que había sentido. Permanecieron allí un buen rato disfrutando de la felicidad de estar juntos de nuevo. Sus besos se hicieron más profundos y más sentidos y Marie-Claire se abandonó al placer. ¿Había algo más maravilloso que estar enamorada? En su opinión, no.

Pasó las manos por el musculoso pecho de Sebastian y luego las entrelazó tras su nuca y esperó mientras él la besaba en el cuello. De su boca salía una risa feliz. Aunque estaba tan cerca como podía de Sebastian, quería estarlo más y sabía que nunca sería del todo feliz hasta que él y ella se unieran para siempre en matrimonio.

Marie-Claire no tenía ninguna duda de que aquello sucedería en un futuro. Habían nacido para estar juntos. Había sido así desde el principio. Casarse era cuestión de tiempo. Cerró los ojos y se imaginó con el traje de novia mientras Sebastian y ella se prometían amor eterno.

Sus hermanas continuarían las aburridas tradiciones reales. Sebastian y ella se instalarían en su propia casa, en la finca de Sebastian, y criarían tres hijos y una preciosa hija. Todos ellos tendrían los ojos azules de su padre, increíblemente transparentes y a la vez tan profundos... También heredarían los hoyuelos que Sebastian tenía en las comisuras de la boca. Marie-Claire dibujó con un dedo sus labios y luego bajó este por la mandíbula hasta el centro de la barbilla. Los niños tendrían el cabello rizado y espeso, y estarían llenos de vida. Serían muy traviesos y la llamarían mamá.

—¡Marie-Claire!

¡Caramba! ¿Por qué la vida real tiene siempre que irrumpir en los sueños? Sintiéndose algo frustrada, Marie-Claire dejó caer la cabeza a un lado y gimió contra el cuello de Sebastian.

—¡Marie-Claire! -la voz de Ariane procedía del salón Rubí, en el tercer piso del palacio-. Siento interrumpir...

—No interrumpes nada -dijo Marie-Claire.

Sebastian se echó a reír.

—Sí que os he interrumpido -la risa de Ariane se mezcló con la de Lise.

—Entonces di lo que tengas que decir y déjanos tranquilos -Marie-Claire miró hacia arriba.

—La abuela Simone quiere que estemos presentes todos en la comida porque tiene que darnos una noticia. Hola, Sebastian -de nuevo hubo risas.

Sebastian les hizo un gesto con la mano.

—Creo que a ti también te concierne -dijo Ariane.

—¿Qué noticia es? -preguntó Marie-Claire.

—No lo sabemos. No nos lo ha querido decir. Pero insiste en que vayamos todos al salón oficial dentro de cinco minutos. Ya nos está esperando allí.

¿En el salón oficial?

Debía ser algo importante. Marie-Claire miró a Sebastian con evidente disgusto. Tenía que obedecer a la abuela Simone, pero cuando esta daba un comunicado en el salón oficial, significaba que iba a haber interminables y aburridas discusiones.

Con desgana, Marie-Claire se separó de Sebastian, le agarró una mano entre las suyas y lo miró a los ojos.

—¿No te importa? Sé que no esperabas una reunión oficial el día de nuestro reencuentro.

—No te preocupes. Me iría a una reunión de venta de pisos si eso significara estar contigo.

—No creo que sea tan fácil.

Y no lo fue. Sebastian habría preferido que lo ataran y le torturaran antes que asistir a la tensa escena que siguió a su breve encuentro con Marie-Claire.

Fueron los primeros en llegar al oscuro salón y se sentaron en los lugares asignados. Poco después. entró el resto de la familia. Notaron la expresión dura de la abuela Simone, que se había situado en la cabecera de la mesa, y se sentaron.

La mesa se reservaba para comidas o cenas con políticos y para ocasiones especiales. Una gran variedad de olores embriagadores llegaba en esos momentos desde la cocina, un piso más abajo, mientras un ejército de cocineras se afanaba sobre los fuegos. El escudo de la familia adornaba cada plato, que tenía a ambos lados los correspondientes cubiertos de plata. Sebastian frunció el ceño al ponerse la servilleta sobre el regazo y miró las copas. Era evidente que iban a necesitar más de una copa de vino para poder digerir la noticia que iba a dar la reina madre.

Todo estaba en silencio. Nadie se atrevía a decir nada, aunque estaba claro que todos estaban preguntándose por lo que la reina quería anunciarles. Su estoica expresión no traslucía nada y rechazaba cualquier pregunta.

A sus setenta y cinco años, era una mujer delgada como un látigo, y se rumoreaba que estaba orgullosa de ello. Lo demostraba con trajes caros hechos a medida, sujetos a la cintura y a las caderas. Despreciaba el exceso de carne sobre los huesos diciendo que eso olía a falta de control. Y si había algo que Simone odiaba, era la falta de control, Ni un pelo de su cabeza se atrevía a desafiar su peinado perfecto, muy corto para ahorrar tiempo y energías, según decía ella. Sus ojos eran dos trozos de hielo que raramente brillaban, excepto cuando estaba enfadada.

Lise estaba sola y algo desmejorada, seguramente debido a su estado de gestación. Sebastian se preguntó dónde estaría Wilhelm, pero tampoco le sorprendía su ausencia. Los problemas entre ellos habían empezado poco después de que se casaran. En un país tan pequeño como St. Michel, no había secretos y las vidas privadas de los miembros de la familia real se discutían abiertamente.

Ariane, sentada frente a su hermana mayor, parecía inquieta y deseosa de romper el protocolo para continuar con las cosas que tenía que hacer.

Llegaron el hijastro de Philippe, Georges, de veintiséis años, y Juliet, de veintidós, junto con Jacqueline. Esta tenía doce años y era la cuarta hija de Philippe, fruto de su matrimonio con Héléne. Todos se sentaron en silencio.

La última en entrar fue la reina Celeste, que estaba embarazada de seis meses del rey Philippe. quien ya no podría celebrar el nacimiento de su nuevo hijo. Celeste se sentó despacio, demostrando claramente lo mucho que le costaba hacerlo en aquellos sillones tan estrechos.

Después de un silencio interminable, que aumentó la solemnidad del momento, Simone comenzó a hablar.

—Gracias a todos por haber hecho un hueco en vuestras apretadas agendas para hacer caso a una anciana -una breve sonrisa iluminó sus finos labios y sus ojos azules brillaron-. Como todos sabéis, todavía no han terminado todos los procedimientos burocráticos relacionados con la muerte de mi hijo.

Todo el mundo asintió, pero nadie se atrevió a decir nada para no enfadarla.

—En mi opinión, ya hemos cumplido el

periodo oficial de luto y ahora tenemos que encarar algunos asuntos que deberían haber sido encarados hace tiempo. Me refiero a asuntos personales, como los matrimonios de mis hijos. Los detalles que discutamos hoy aquí deberemos mantenerlos en secreto. ¿entendido?

De nuevo, todo el mundo asintió con la cabeza, pero sin que nadie dijera nada.

Celeste frunció el ceño.

Sebastian buscó debajo de la mesa la mano de Marie-Claire y la agarró entre las suyas. Aunque ella tenía una expresión seria, sus ojos brillaron al sentir la mano de él. Sebastian sabía que aquello debía estar siendo muy duro para ella.

Después de aclararse la garganta, la reina Simone se quitó las gafas y pareció mirar algo en la lejanía.

—Como ya sabéis, mi Philippe se casó más de una vez, pero... lo que quizá no sepáis es que ya se había casado una vez antes de desposar a vuestra madre, Johanna van Rhys.

Ariane y Lise abrieron la boca sorprendidas y miraron a Marie-Claire. Sebastian notó que esta le apretaba con fuerza la mano.

—Cuando Philippe no era más que un muchacho de dieciocho años, se enamoró de una belleza americana de diecisiete años, llamada Katie Graham. Henry. su padre, de Texas, vino a Europa por motivos de trabajo y ella lo acompañó. La madre había muerto hacía poco tiempo y él no quiso dejar a Katie sola durante los tres meses que duraría su estancia aquí. Sin embargo, aunque la trajo para que ella no se sintiera abandonada, al parecer no tuvo mucho éxito.

La anciana hizo una pausa y miró a todos.

—Henry se pasaba trabajando todo el día y muchas veces tenía cenas de negocios por la noche, así que Katie tuvo tiempo de sobra para visitar St. Michel. Uno de esos días, conoció a Philippe. Fue un amor profundo y verdadero desde el principio y nada de lo que dijimos su padre, el rey Antoine, o yo sirvió para que dejaran de verse.

Sebastian miró a Marie-Claire. Comprendía exactamente lo que Philippe había sentido.

—Entonces, sin que nosotros lo supiéramos, un día se escaparon a Francia y se casaron en secreto por lo civil -continuó la reina mirando hacia las colinas lejanas que se veían a través de las ventanas-. No hace falta que os explique que cuando Antoine y yo nos enteramos, nos quedamos horrorizados. El padre de Katie era un hombre normal, con un sueldo medio. Katie no tenía ni dinero ni la posición social adecuada.

Marie-Claire se mordió el labio inferior y cerró los ojos. Sebastian sabía que era para no gritar, para no decir que la posición social para ella no significaba nada. A Sebastian era una de las cosas que más le gustaban de ella, ya que se había criado en un ambiente en que se daba mucha importancia a la aristocracia.

La reina Simone se puso las gafas sobre la nariz y miró a cada uno de los asistentes antes de continuar.

—Y la magnitud de esta desgracia se hizo mayor cuando nos enteramos de que se habían casado porque esperaban un hijo.

Todos contuvieron el aliento.

Marie-Claire dejó caer la mandíbula. Ariane abrió mucho los ojos, con aspecto de tener el estómago revuelto. Lise se cubrió la cara con las manos. Georges y Juliet permanecieron en silencio. El rey Philippe no era su padre y la noticia no les afectaba. Jacqueline, por su parte, era demasiado joven para entenderlo.

En cuanto a Celeste, parecía que se había olvidado de su incomodidad y miraba a Simone con el máximo interés, los ojos brillantes y la mano sobre el vientre.

La reina Simone jugó brevemente con el

borde de su chal y dio un suspiro profundo al ir recordando más cosas.

—Como St. Michel había sido amenazado con ser anexionada por Rhineland, teníamos la esperanza de que Philippe hiciera un matrimonio político. De hecho, nuestra libertad dependía de ello. No teníamos otra salida, así que Antoine y yo hicimos lo que pensamos que sería lo mejor para todos.

El resto de comensales estaban atrapados por las palabras de la anciana reina. Todos la miraban y ella retorcía las manos sobre la mesa mientras buscaba las palabras adecuadas para explicar lo que había sucedido treinta años atrás.

—Nosotros... el padre de Philippe y yo... decidimos que lo mejor sería decirles...

Visiblemente emocionada, la anciana apretó el chal contra su boca para detener el temblor de sus labios. Tardó unos segundos en poder continuar.

—Antoine y yo les dijimos a los chicos que el matrimonio no era legal porque Katie no era mayor de edad y no había recibido el permiso de su padre. Este. Henry, no sabía lo suficiente de leyes francesas, ni tampoco los chicos. como para discutirlo. Teníamos miedo de pedir la anulación, porque tendrían que firmar los dos y podían negarse a hacerlo, así que decidimos engañarlos.

La anciana reina hizo otra pausa.

—Además, eso habría revelado que el matrimonio era legal y habría dado la oportunidad a Katie y a su padre de aprovecharse de la situación. Luego solo Dios sabe qué habría podido suceder. Mi marido, el rey Antoine, dijo a Henry que si hablaba con alguien de lo que estaba sucediendo, haría que lo echaran de la empresa donde el pobre había estado trabajando durante veinte años. Nosotros sabíamos que la empresa en cuestión estaba muy interesada en hacer negocios en St. Michel y otros países europeos que tenían buenas relaciones con nosotros.

Simone se echó hacia atrás. Fuera, una nube cubrió el sol y la habitación se oscureció visiblemente.

—Así que le dimos a Henry una importante suma de dinero para que mantuviera la boca cerrada, aunque él era una persona muy conservadora y de todos modos no hubiera sentido ningún deseo de contar lo que había hecho su hija. Así que aceptó el trato y el dinero. Luego se marcharon a su país y no volvimos a saber nada de ellos.

Simone se quedó pensativa, como si tuviera que pensar lo que iba a decir a continuación.

Marie-Claire miró a Sebastian. Estaba

pálida y sus ojos tenían una expresión que reflejaba una multitud de emociones. Sebastian apretó su mano y ella pareció sacar fuerzas y consuelo de ello, igual que en los días que habían seguido a la muerte de su padre.

—De acuerdo -la reina Simone se irguió en su silla-. Lo malo de esto es...

Marie-Claire miró a Sebastian asustada. ¿Lo malo? Sebastian cambió de posición para que su muslo y su brazo rozaran los de Marie-Claire, con la esperanza de calmarla.

—...es que nunca supimos con seguridad si el matrimonio había sido anulado. Si, como sospechamos, Katie y Philippe nunca lo hicieron, el matrimonio de Philippe con la princesa de Dinamarca Johanna van Rhys no sería legal, y tampoco los demás... Eso querría decir que las cuatro hijas de Philippe serían ilegítimas. Por otra parte, nunca nos enteramos del sexo del hijo que esperaba Katie. Porque si fue un chico... y sigue vivo, él sería el príncipe heredero de St. Michel.

Capítulo 4

LA RAZÓN por la que nunca he hablado de esto -prosiguió la anciana dirigiéndose hacia su sorprendida familia-, es que el sistema de gobierno de St. Michel es una monarquía donde solo pueden reinar los varones. Así que si el rey no tiene ningún hijo varón, se corre el riesgo de... de que el reino sea anexionado por nuestros vecinos de Rhineland. país del que formó parte hasta el siglo XVII.

Simone se echó hacia delante con expresión pensativa.

—De hecho, sabemos que ciertas personas en Rhineland están planeando absorber St. Michel de nuevo, debido a intereses económicos. Como ya sabéis, el río St. Michel está dentro de nuestras fronteras y es el único modo de llegar hasta el Mar del Norte, tanto para nosotros como para Rhineland. Y al parecer, se han cansado de tener que pagarnos por usarlo. Así que, al morir el rey, han empezado a hacer serios planes para conseguir el control no solo del río, sino también del resto de nuestro territorio.

Simone volvió a retorcer las manos.

—Esa gente es una gran amenaza para la libertad de nuestra pequeña nación. Hasta ahora no han hecho nada, pero no hay que equivocarse. Son peligrosos y para nuestro país será muy difícil impedirles tomar lo que quieran, así que es imprescindible formar cuanto antes un frente organizado, con un heredero a la cabeza antes de que sea demasiado tarde.

Celeste dejó de tamborilear con los dedos sobre la mesa y el resto también se quedaron inmóviles.

Horrorizada, Marie-Claire miró a Sebastian y vio las palabras de su abuela reflejadas en sus ojos. Se sentía paralizada desde la cabeza a los pies. ¿Cómo podía ella, solo seis meses antes, haber llevado una vida tan despreocupada? Antes de que su padre muriera, sus únicas preocupaciones eran ver a Sebastian y hacer compras en París.

Sin embargo, en esos momentos, todo su mundo parecía desestabilizarse. La seguridad de su casa y de su país estaban seriamente amenazadas. Además, acababa de enterarse de que tenía un hermano o una hermana mayor al que no conocía. Y por otra parte, resultaba que podía convertirse en hija ilegítima.

El sol seguía todavía oculto por una nube y llegaban otras amenazantes, como un eco de lo que estaba ocurriendo aquel día. Marie-Claire se estremeció en su silla sintiéndose de repente agobiada y con la necesidad imperiosa de escapar de allí. Tenía ganas de salir corriendo y de marcharse a cualquier sitio con Sebastian para poder lamentarse de las pequeñas injusticias de la vida.

—Sabemos, además, que en Rhineland están al tanto de todo esto -el tono tembloroso de Sïmone volvió a impresionar a todos los presentes-. Pero, al parecer, opinan que el heredero no aparecerá o que será una niña, lo que por otra parte es lo más probable, atendiendo al resto de la descendencia de Philippe.

Celeste, que no podía soportar seguir siendo ignorada, se levantó con la cara roja de rabia y las manos sobre el vientre para dirigirse a la anciana.

—¡Mi hijo será el nuevo rey! Mi bebé es un varón y es un hijo legítimo! ¿Cómo podéis atreveros a no contar con mi hijo, que es el último regalo que el rey Philippe nos dio a todos, y disponeros a buscar a un heredero fantasma que lo más seguro es que no haya nacido?

Siempre imperturbable, Simone no hizo caso de la rabia de Celeste.

—Hasta ahora no te has hecho ninguna prueba, así que ¿cómo puedes saber que es un varón? Al ser tu primer hijo, tiene la misma probabilidad de ser niño o niña y no voy a dejar que el futuro de mi país dependa del azar. Además, ¿cómo podemos estar seguros de que el hijo que estás esperando es de Philippe? El rey murió hace seis meses, que es más o menos el tiempo que tú llevas embarazada. Así que tu embarazo me resulta un tanto sospechoso.

Celeste se agarró al respaldo de la silla temblando de rabia y miró a la anciana con verdadero odio.

—Lamentará lo que acaba de insinuar, señora.

—Creo que deberías irte a descansar, Celeste. No tienes muy buen aspecto.

Celeste se inclinó hacia delante. Luego apartó la silla que tenía detrás y sonrió, pero aquella sonrisa no se reflejó en sus ojos.

—Por el bien del verdadero heredero de St. Michel, me iré a descansar.

Y dicho eso, se giró y salió de la habitación.

La reina Simone hizo un gesto a los camareros para que comenzaran a servir el primer plato y, mientras lo hacían, ella levantó su copa para que todos brindaran.

Después de beber, se limpio los labios con la servilleta, preparándose para lo que iba a decir a continuación.

—Creo que ya es hora de que los servicios de seguridad de St. Michel comiencen una investigación para buscar al hijo de Philippe y Katie y averiguar si es un varón.

¿Alguna pregunta?

Todavía confundidos por la bomba que acababa de lanzar, todos la miraron, pensando en cómo aquella noticia podía afectar a su futuro.

A causa de las oscuras y densas nubes que se veían en la lejanía, el aire estaba cargado de humedad. En cuanto Marie-Claire y Sebastian salieron de las dependencias climatizadas de palacio, ella empezó a notarse cansada. Afortunadamente tenía el brazo fuerte de Sebastian para apoyarse en él, porque aunque las dos copas de vino que se había tomado la habían animado un poco. se sentía de nuevo muy decaída. Creía que después de lo que había llorado aquellos seis meses, se le habían acabado todas las lágrimas, pero ahí estaban, asomando de nuevo a sus ojos.

Sebastian se llevó la mano de Marie-Claire a los labios y se la besó mientras caminaban. Sin embargo, no dijo nada, por miedo a que ella se echara a llorar.

Llegaron en silencio al jardín y pasaron en silencio junto al «caballo del rey». Luego comenzaron a atravesar el prado que había detrás hasta llegar al pequeño valle donde estaban los establos.

Sebastian caminaba con una virilidad

que seguía cautivando a Marie-Claire. Era un hombre que siempre conservaba la calma y se mostraba muy seguro de sí mismo. Parecía capaz de atravesar la tormenta más salvaje sin sufrir el menor daño.

Marie-Claire contempló su mano, cubierta por la de él, y la imagen le dio aliento para seguir adelante. Caminar los dos juntos era increíblemente relajante y ella se dio cuenta de que por primera vez en mucho tiempo, se sentía segura. Estando junto a Sebastian, se sentía capaz de enfrentarse a cualquier obstáculo que la vida le pusiera en su camino. Y así, poco a poco, el nudo que sentía en el estómago empezó a deshacerse y su garganta también comenzó a relajarse.

De pronto, Sebastian la besó en la frente y Marie-Claire sintió el corazón lleno de amor por él.

De niña, el lugar que más le gustaba de palacio eran los establos. Para ella eran un símbolo de libertad. Había aprendido a montar siendo muy pequeña y antes de llegar a la adolescencia, había ganado ya varios premios de equitación.

Entraron en el establo principal. Estaba en silencio y bien iluminado por la luz que se colaba por puertas y ventanas. Olía a sudor de animal, a estiércol y a heno fresco. El aire tenía motitas de polvo. Marie-Claire cerró los ojos y se llenó los pulmones de aquel aire creyendo que así podría absorber también la historia que impregnaba las paredes y el suelo de aquel lugar.

Se detuvo, con Sebastian a su lado, y escuchó tratando de captar el presente y el pasado. El sonido de los cascos y los relinchos de los caballos eran como el eco de los siglos pasados, como la reverberación de la época en la que St. Michel había luchado por su libertad.

Y aquellos sonidos la hicieron también evocar la risa de su padre mientras galopaba a su lado y ella sentía el viento en la cara.

Marie-Claire condujo a Sebastian ante una docena de establos hasta llegar al cajón del caballo de su padre, Golden Boy. Este los miró con sus enormes y profundos ojos marrones, movió el hocico y resopló al estirarse a recibirlos.

Marie-Claire enterró la cara en el cuello del caballo y recibió la serenidad que siempre encontraba allí.

—Hola, guapo. ¿No le das un beso a tu chica?

Golden Boy le lamió la cara y se rozó ligeramente en su cabello, en un gesto que podía ser interpretado como un beso. Luego se apartó y pareció saludar a Sebastian.

—¿Debo ponerme celoso? -preguntó Sebastian.

—Mmm. Ahora es mío -explicó ella, sonriente y sacando una zanahoria que llevaba en el bolsillo-. Lise, Ariane y Juliet no tenían ningún interés por él y Jacqueline es demasiado joven.

—Es precioso.

Sebastian estaba acariciando al animal, pero Marie-Claire notaba sus ojos fijos en ella mientras le daba la zanahoria al caballo. Un estremecimiento fruto del deseo explotó dentro de su vientre, pero trató de fingir que sus ojos y su descarado interés no la afectaban. Se humedeció los labios con la lengua y buscó un tema de conversación.

—Siento mucho que hayas asistido a esa escena -Marie-Claire fue a buscar un cepillo para el caballo-. Si hubiera sabido que la abuela iba a darnos una noticia tan desagradable, no te habría invitado.

—Marie-Claire, Philippe fue para mí también como un padre. Siempre me trató como a un miembro más de la familia y en todas las familias surgen a menudo temas de conversación desagradables.

—Sí, pero todo esto es increíble, ¿no te parece?

Cuando salió del establo, le dio un cepillo a Sebastian y conservó también uno ella.

Sebastian se echó a reír.

—Tengo que admitir que hoy he descubierto algunas cosas sobre tu familia que nunca habría podido adivinar.

Juntos empezaron a cepillar la piel del caballo.

—Yo también. Me pregunto por qué papá nunca nos habló de Katie.

Sebastian se encogió de hombros.

—¿Fue hace mucho tiempo y probablemente pensara que no tenía importancia.

—Tú crees que pensaba que no tenía importancia? Pero si tuvieron un hijo! Creo que eso sí que es importante.

Bufando y resoplando, Golden Boy bajó la cabeza y rozó la cabeza de Sebastian. Este le acarició el hocico y continuó cepillándolo.

—Como rey, tu padre estaba en una posición precaria. Un escándalo en los periódicos puede llevar a un pequeño país como el nuestro al caos.

—Sí, pero nosotros somos su familia y me hubiera gustado enterarme antes de que tengo un hermano por ahí. Después de todo, él, o ella, tiene que ser... -hizo un cálculo mental rápido y miró a Sebastian- ¡de tu edad, más o menos!

—O sea, muy viejo.

—Sebastian, estoy hablando en serio -lo

miró entornando los ojos-. ¿No tendrás tú también una esposa por ahí y unos niños que aparezcan de repente, verdad?

Sebastian dio un paso y la tomó en sus brazos.

—No hay ni esposas escondidas ni hijos secretos. Aunque no me importaría empezar a trabajar en ello, si te animas -aseguró él dándole un pequeño mordisco en el cuello

Marie-Claire sintió cómo un escalofrío le atravesaba la espalda. Luego se apartó y se echó a reír.

—Eres terrible -lo miró a los ojos durante un buen rato-. Me da mucha pena lo que le pasó a mi padre.

—¿Por qué?

—Porque encontró el amor..., pero luego lo perdió.

—Nosotros no dejaremos que nos ocurra lo mismo.

—¿Prometido?

—Mmm -Sebastian la tomó en sus brazos y la besó en los labios-. Prometido.

—No entiendo cómo pudo casarse con mi madre sin saber qué había pasado con su primer amor y con su hijo.

—En aquellos años, todo era mucho más complicado. Además, él tenía que cumplir con su deber como rey.

—Nunca lo sabremos, ahora que los dos han muerto, pero me pregunto si fue por eso por lo que se divorció de mi madre. Aunque supongo que también influyó el hecho de que mi madre no le diera ningún varón.

—Sé que os quería a las tres sin reservas.

Marie-Claire sintió un nudo en la garganta.

—Lo sé, pero no creo que quisiera de verdad a mamá. Ella era demasiado independiente.

—¿Cómo tú?

—Más que yo -contestó Marie-Claire con una sonrisa en los labios-. Ella quería ser libre y estaba dispuesta a luchar por ello. Era una mujer impresionante, pero nunca debería haber sido madre. Murió en un accidente mientras buceaba en algún lugar de la Barrera de Coral.

—Philippe nunca lo mencionó.

—Me imagino que se sentía culpable. Su divorcio fue muy desagradable.

—Pero al menos si que eres tan espontánea como ella.

Marie-Claire levantó un hombro y lo miró de reojo.

—Desgraciadamente es cierto -despacio, paseó la mano desde los anchos hombros de él hasta su poderoso pecho.

Pero no se dejó llevar por su repentino impulso de desabrocharle la chaqueta y averiguar si su pecho era en realidad tan suave y duro como había soñado. Se dio la vuelta y continuó frotando vigorosamente la piel de Golden Boy.

Sebastian también se puso a trabajar.

—Hoy en día siguen existiendo los matrimonios de conveniencia. Seguramente, él la necesitaba por una alianza política, pero probablemente no estuviera enamorado de ella.

—Ni tampoco de Hélène, entonces.

Sebastian la miró por encima del hombro.

—Creo que en ese caso quizá hubiera más comprensión, ya que Héléne era amiga suya desde hacia tiempo. Pero de nuevo fue una alianza política.

—Eso es tan... triste -agarró un mechón de crin de Golden Boy y se lo enrolló en el dedo-. Estoy segura de que por eso era por lo que papá sentía tanta lástima por Hélène y sus hijos, Georges y Juliet -acarició al caballo y le dio un beso en el hocico-. Pobre Hélène. Intentó desesperadamente serle útil a papá dándole un hijo.

—Murió por eso, ¿verdad?

—El primer niño nació muerto y eso la dejó destrozada. Luego, cuando tuvo a Jacqueline, cayó en una terrible desesperación y cuando tuvo a su último hijo, ya no le quedaban fuerzas. Ella y el bebé murieron. No sabemos si se enteró siquiera de que era un varón.

Sebastian sintió una tristeza enorme y miró a Marie-Claire de una forma que demostraba su amor incondicional. El suyo era un amor que trascendía la diferencia de edad que los separaba y su distinta posición social.

Era el amor con el que Marie-Claire había soñado toda su vida. El tipo de amor que su padre había tenido por un breve periodo de tiempo durante su juventud.

—Papá se sentía muy culpable por la muerte de Hélene. Esa culpa y la crisis habitual en los hombres de su edad lo arrojaron a los brazos de Celeste. Porque... -Marie-Claire soltó una carcajada amarga- no sé qué otra cosa pudo haberlo cegado para no... darse cuenta de sus imperfecciones.

—Una cara bonita puede llevar a cualquier hombre a la ruina -al decirlo, guiñó un ojo a Marie-Claire y ella respondió con una sonrisa.

Sebastian fue al pequeño almacén y Marie-Claire oyó que comenzaba a buscar algo. Finalmente, volvió con una silla, una manta y una brida. Tiró al suelo todo menos la manta. Colocó esta sobre el lomo del caballo.

—Aun así -continuó Marie-Claire, demasiado sumida en sus pensamientos como para darse cuenta de lo que Sebastian estaba haciendo-, es todo muy dramático. Estoy segura de que papá no volvió a encontrar el amor verdadero después de Katie. Me pregunto qué les pasaría a ella y al niño.

Sebastian colocó la silla sobre el caballo y la ató. Se sentía tan cómodo allí. en el establo, como en tina sala de juntas. pensó ella, sin dejar de observarlo mientras ajustaba los estribos. ¡Qué guapo era y qué masculino! Bajo el polo ceñido que llevaba, sus músculos robustos se tensaban al moverse, y ella siguió sus movimientos suaves sin perderse detalle. Era un hombre que sería muy atractivo cuando envejeciera, decidió Marie-Claire, observando las canas que plateaban sus sienes y las arrugas de sus ojos.

Como su padre.

Sebastian y su padre tenían muchas cosas en común. Ambos poseían una gran energía, y a la vez, una personalidad suave, aunque firme. Estaba segura de que al rey Philippe le habría encantado tenerlo como yerno.

El recuerdo de su padre volvió a humedecerle los ojos. Sebastian, que estaba ya sobre el caballo, como si le hubiera leído los pensamientos, extendió una mano hacia ella.

—Vamos -ordenó. Ella no vaciló y pocos segundos después. estaba sentada delante de él-. Demos un paseo.

En su austero apartamento de St. Michel, Luc Dumont, el encargado de buscar a Katie y a su hijo, colgó el teléfono y se dejó caer en la cama. Acababa de hablar con la Interpol y algunas piezas del puzzle empezaban a encajar.

Luego agarró el fax que le habían enviado. Era una fotocopia del certificado de matrimonio y otra de un pequeño artículo de un periódico francés que anunciaba el matrimonio de Philippe de Bergeron y Katie Graham.

Luc frunció el ceño. O Philippe había comprado el silencio del periódico o habían llegado a un trato, ya que la noticia del matrimonio del príncipe de St. Michel debería haber ocupado la primera página y no una simple nota enterrada en las páginas finales.

Katie Graham, estudiante, de diecisiete años y nacida en Houston, Texas, y Philippe de Bergeron, también estudiante, de dieciocho años y natural de St. Michel, se casaron en una ceremonia civil el 22 de julio de 1969.

No había fotos y Luc trató de imaginar los rostros de los dos adolescentes. Luego miró distraídamente hacia la acuarela de la Torre Eiffel que había sobre la pared, mientras se preguntaba por el destino de esa mujer y su hijo.

De algún modo, le daba pena aquel misterioso niño que nunca había conocido a su padre. El también sabía lo que era perder a uno de sus progenitores a edad temprana, ya que había perdido a su madre con solo seis años.

Agarró el teléfono y pensó en llamar a su padre para decirle que estaba trabajando en un caso muy importante. Sabía que él se sentiría orgulloso. Pero era muy temprano y la mujer de Albert, Jeanne, estaría todavía en casa, así que se lo pensó mejor y dejó el teléfono en su sitio. A Jeanne nunca le había caído bien Luc. El siempre se había dicho que era porque se parecía a su madre. Debido a las inseguridades de Jeanne, había tenido que estudiar en un internado. Incluso siendo ya mayor, evitaba en lo posible el contacto con ella.

Llamaría después, decidió, cuando Jeanne ya no estuviera en casa.

Golden Boy galopaba con firmeza y suavidad a la vez, mientras se alejaba de los establos con Marie-Claire y Sebastian sobre su grupa. A lo lejos, apareció el sol en un claro entre las nubes negras. Formaba un arcoiris sobre el bosque que se extendía ante ellos. El viento echó hacia atrás el cabello de Marie-Claire, que fue a enredarse en el cuello de Sebastian.

Instintivamente, este condujo el animal hacia el bosque y aminoró la marcha tras elegir el camino del río. Marie-Claire se dio la vuelta y lo miró con una sonrisa que solo él entendería.

Poco tiempo después, estaban sobre una roca alta que se elevaba por encima de la corriente. Nada había cambiado con los años. Incluso el tiempo era el mismo. Húmedo, bochornoso y cargado de electricidad. Se oyó un trueno detrás de las colinas y empezaron a caer unas pocas gotas gruesas y calientes.

Sebastian estaba seguro de que no tardaría mucho en comenzar a llover más. Sin decir nada, ayudó a Marie-Claire a bajar al suelo. El se quedó atando al caballo y al volverse, vio que ella se había subido a la roca y estaba en el borde. Sebastian se quedó mirando hechizado la escena. Marie-Claire se quitó las sandalias y el jersey, pero todavía llevaba un vestido fino y largo. La tela se transparentaba y se veía la silueta de sus piernas largas y torneadas.

Sebastian se sentía como si hubiera retrocedido en el tiempo, solo que Marie-Claire ya era una mujer. Sintió el fuego que se encendió en sus entrañas y permaneció quieto observándola, incapaz de moverse. Ella se volvió y lo miró a los ojos. Estuvieron un rato mirándose y descubriendo emociones el uno en el otro que ninguna otra persona conocía.

Sebastian observó los sentimientos que se reflejaban en el rostro de Marie-Claire. Una gran tristeza y un sentimiento de traición por lo que la reina Simone les había revelado. También vio la gran devoción que sentía por él.

Y entonces, Marie-Claire hizo un arco y se sumergió en la poza de agua que había debajo de ella. Esa vez salió en seguida, sacudió la cabeza y la expresión de su cara delató la pérdida de la inocencia. Sebastian lamentó que aquella niña libre que había conocido años atrás hubiera desaparecido para siempre, aunque también estaba completamente enamorado de la mujer madura en la que se había convertido.

Marie-Claire caminó hacia donde estaba él. Las gotas de lluvia le caían sobre el pelo y la cara, al tiempo que el vestido fino se le pegaba al cuerpo.

El se quitó la camisa y caminó hacia ella y la tomó en sus brazos. Con los pulgares, le secó las gotas de lluvia, o quizá fueran lágrimas, que cubrían sus mejillas y sus labios.

—No te preocupes -susurró rozándole la barbilla con la suya.

Entonces ella le rodeó la cintura con los brazos.

—Ni siquiera sé ya quién soy.

—Yo sí lo sé.

—¿Quién?

—Mi otra mitad.

Marie-Claire cerró los ojos y dio un suspiro.

—Todo saldrá bien -le aseguró él.

Sebastian tuvo miedo entonces de que sus palabras no fueran verdad y la besó con una pasión que jamás había experimentado antes.

Aunque tenía frío y hambre cuando volvieron a los establos sobre la grupa de Golden Boy, el brazo fuerte de Sebastian le daba fuerzas a Marie-Claire para seguir adelante. Su pecho le daba calor y ella se apoyaba en él.

Sebastian le sonrió de un modo que no

podía ser más íntimo aunque hubieran hecho el amor sobre la hierba. Pero no lo habían hecho.

Habría sido una equivocación.

A pesar de que había habido un momento de gran excitación para ambos. los dos oyeron la voz de su padre aconsejándoles que se atuvieran al código real. Así, él se sentiría orgulloso de ellos incluso estando ausente.

Marie-Claire había lanzado un suspiro de impotencia. Ella jamás había hecho caso a su padre cuando estaba vivo, ¿por qué empezar en ese momento? Pero había mirado a Sebastian, que estaba inclinado sobre ella, y había entendido que era lo mejor para todos.

Porque era algo muy importante. Sebastian era su alma gemela y para estar juntos, todo tendría que ser perfecto.

Pronto, se dijo Marie-Claire, muy pronto, serían marido y mujer. Solo entonces se acostarían y pasarían todo un día juntos en la cama. Al pensar en ello, se estremeció y Sebastian, pensando que tenía frío, la apreté contra su cuerpo besándola en el cuello. Eso la hizo volver a estremecerse.

—Llegaremos en seguida a casa -murmuró Sebastian.

—Mmm -no lo suficientemente pronto, pensó ella.

Cuando dejaron a Golden Boy, fueron al palacio y entraron por la puerta de servicio a la cocina. Después de ponerse ropa seca, decidieron comer algo. Los criados los miraban con suspicacia. Al día siguiente, seguramente, comenzarían los rumores sobre ellos, pero a Marie-Claire no le importaba. Más tarde o más temprano, el mundo entero descubriría que Marie-Claire de Bergeron era una mujer adulta y estaba locamente enamorada.

—Me gustaría que no tuvieras que irte - le dijo a Sebastian un rato después en la entrada.

—Y a mí también, pero ya les hemos dado tema de conversación para una noche entera, ¿no crees?

—¿Te has dado cuenta de las murmuraciones mientras comíamos?

—No, pero estoy seguro de que ahora mismo nos están espiando.

—¿Desde dónde? -preguntó ella riéndose.

—Calla. No mires o sabrán que los hemos descubierto.

—¿Qué debemos hacer?

—Eso depende.

—¿De qué?

—De lo que quieras que piensen.

—¿Cuáles son las posibilidades?

—Pues... -él se frotó la mandíbula y miró hacia el cielo nocturno-. Podemos darnos la mano y yo puedo darte un golpecito en la espalda, como un viejo amigo.

—Eso no es divertido.

—O puedo hacer un avance inapropiado y tú darme una bofetada...

—Eso me gusta más, salvo lo de la bofetada.

—De acuerdo, entonces vamos a mi coche. Allí no podrán vernos y nos daremos un beso de buenas noches. Así los dejaremos intrigados.

—Sí, eso estaría bien.

—Pues vamos.

Con cada segundo que Sebastian se demoraba en las sombras con Marie-Claire, le costaba más esfuerzo irse. Lo único que le daba fuerzas era saber que las cámaras de seguridad del palacio podían tomar imágenes de su intimidad, lo que sería un escándalo público.

En momentos como ese, odiaba que ella fuera de la realeza y deseaba que fuera la campesina por la que le había tomado cinco años atrás. Así Marie-Claire podría estar con quien quisiera sin tener que preocuparse por sus actos.

Le hizo un gesto de despedida con la

mano y se dirigió en su coche hacia la salida. Consideró si darse la vuelta y convencerla de que se escapara con él. Podían marcharse de allí juntos. Dejarían St. Michel para siempre y vivirían de acuerdo a sus propias reglas. Seguramente, serían más felices, aun siendo pobres, que teniendo que someterse al protocolo real.

Sebastian entendía perfectamente lo que habían hecho Philippe y Katie. pero debía ser realista. Su vida estaba allí, en St Michel, y pronto. muy pronto, se casarían y vivirían juntos para siempre.

Empezó a llover con fuerza, como si el tiempo fuera un eco de sus sentimientos. El sabía que tendrían que estar comprometidos por lo menos seis meses antes de poder casarse. Para entonces también se habría terminado el periodo de luto por el rey. Hasta entonces, tendría que soportar ser acechado por los guardias de seguridad y todo tipo de acompañantes y vivir de momentos robados.

Poco después, llegó a la bifurcación que llevaba a la casa de su madre, que estaría ansiosa por escuchar cómo había ido la cena en palacio.

Al llegar, vio que todas las luces de la casa estaban encendidas. Entró y su madre sirvió dos copas de coñac. Sebastian se sentó junto al fuego relajadamente y se dedicó a observar el caótico salón. Vio nuevos adornos en las ya repletas paredes y pensó con amargura que su madre acabaría arruinada. Era imposible que Claudette aprendiera a controlar sus impulsos de gastar dinero.

Fuera, el viento aullaba y la lluvia caía a raudales. Sebastian cerró los ojos y pensó en Marie-Claire hasta que la voz de su madre lo sacó de su ensimismamiento.

—¿Y bien? ¿Vas a quedarte sentado ahí sin decir nada o vas a contarme qué ha pasado hoy en palacio?

—Por supuesto, ¿qué quieres saber?

—¡Todo! Y lo primero, quiero queme digas por qué ahora que Philippe ha muerto, te han invitado a cenar. Porque no eres íntimo de ningún miembro de la familia en especial, ¿no es cierto?

—Bueno... -contestó sin poder evitar una sonrisa-, Quizá sea por mis relaciones con Rhineland.

No quería hablarle de su relación con Marie-Claire, así que decidió contarle lo que sabía que sería del dominio público al cabo de pocas semanas.

—¡Qué tiene que ver Rhineland con la cena!

Sebastian dio un sorbo a su coñac.

—Desde la muerte de Philippe, hay un grupo de gente en Rhineland que está planeando anexionar St. Michel. Simone quería preguntarme por el clima político de allí y que le contara algunos detalles.

Claudette lo miró por encima de su copa, claramente decepcionada.

—¿Por qué tenemos que preocuparnos por Rhineland? Nos separamos de ellos hace siglos. ¿Por qué de repente esto?

—Porque ahora no hay heredero para el trono y... -hizo una pausa sabiendo que no debía contarle a su madre demasiado- al parecer, puede que Philippe tuviera otro hijo, que tendría ahora mismo mi edad, más o menos. Quizá un varón, Si pueden encontrarlo, sería coronado rey.

Claudette lo miró anonadada y tragó saliva. Después de un momento eterno, se decidió a hablar.

—¿Qué?

—Recuerda que St. Michel es una monarquía donde solo pueden reinar los hombres -Sebastian se echo hacia atrás y se cruzó de piernas-. Así que aparte del hijo de Celeste, nuestra única esperanza de permanecer independientes es encontrar un heredero al trono. Pero parece que incluso suponiendo que fuera un varón, hay dudas sobre si el hijo que espera Celeste es de

Philippe. Por eso es tan importante que se encuentre al otro.

Claudette se quedó inmóvil y con los ojos muy brillantes mientras procesaba la información. Finalmente, se humedeció los labios con la lengua y consiguió hablar.

—¿Encontrar al otro?

—Los servicios de seguridad de St. Michel lo están buscando.

La mujer miró a Sebastian con los ojos muy abiertos.

—Ese heredero... Dices que podría llegar a ser rey, ¿verdad?

—Sí. Tiene más o menos mi edad.

—Sí. Exactamente tu edad.

—Parece que Philippe se casó con una chica americana muy joven llamada...

—Katie.

—¡Sí! Y... ¿cómo sabes tú que se llamaba Katie?

Claudette abrió la boca para decir algo, pero solo emitió un sonido gutural. Sebastian se levantó inmediatamente y se sentó a su lado. Preocupado, vio como su madre se ponía muy colorada y aparecían gotitas de sudor en su labio superior.

—¿Qué te pasa, madre?

La mujer se llevó las manos a la cara.

—Hasta ahora, nunca te lo he querido contar -dijo con los ojos llenos de lágrimas.

Fuera estalló un trueno, Sebastian tuvo un presentimiento al ver la expresión torturada de su madre. En ese momento, se cortó el suministro eléctrico y las luces de la casa se apagaron.

—¿Contarme el qué?

Capítulo 5

CLAUDETTE se agarró a Sebastian como si le faltara el aire para respirar. Este no sabía que a su madre le diera miedo la oscuridad.

¿Madre?

Sebastian se soltó de su madre y buscó a tientas las velas sobre la mesa. Cuando las encendió, vio que Claudette estaba menos colorada, pero con la misma expresión de sufrimiento.

La luz de un relámpago iluminó la casa. Sebastian sintió un estremecimiento extraño y miró hacia la ventana. Contra la cegadora luz, los árboles permanecían oscuros y sus ramas parecían los brazos esqueléticos de un campesino asustado. Un trueno hizo vibrar los muebles y algunos objetos se movieron.

Sebastian se pasó una mano por la mandíbula.

Estaba dejando que la imaginación de su madre lo inquietan. A pesar de lo manipuladora que era Claudette, era imposible que produjera los truenos y aquella lluvia torrencial. Y la electricidad del ambiente era solo eso, electricidad, y no tenía ningún otro significado.

Sin duda, lo que iba a decirle sería cualquier rumor estúpido que estuviera corriendo aquellos días por la localidad, algo que seguramente no tenía nada que ver con él. Tan pronto como las luces volvieran, la convencería de que sacara sus extractos del banco y la calculadora. Tarde o temprano, tendrían que sentarse a hablar sobre su situación financiera.

Le alcanzó a su madre su copa de coñac.

—Intenta calmarte, madre. Es solo una tormenta. La luz volverá en seguida.

—Si fuera tan sencillo como eso...

—¿El qué? ¿El qué no es tan sencillo?

Claudette lo miró fijamente a los ojos. Luego. de repente, se acordó de la copa, dio un trago y dejó caer la cabeza sobre el pecho. Finalmente, la levantó de nuevo para mirarlo a los ojos.

—Te he ocultado esto hasta ahora porque pensaba que era o mejor para ti.

Sebastian ya se imaginaba lo que le iba a contar. Seguro que Claudette había comprado alguna propiedad en la Antártida o cualquier otra locura por el estilo. Impaciente, se fue a sentar de nuevo al lado de la chimenea y puso los pies sobre un escabel de cuero. Cerró los ojos y recordó el día en que había visto a Marie-Claire por primera vez. La espera iba a ser muy dura.

—Vamos, cuéntamelo.

Temblando. Claudette se llevó los dedos a los labios y comenzó a hablar entrecortadamente.

—Tenía que hacerlo. Tenía que protegerla a ella, y también a él, claro.

—¿A ella? ¿A él? ¿A quiénes?

—Yo estaba allí, en la boda. Es todo verdad.

—¿Qué boda? ¿Qué es verdad?

¿Qué estaba diciendo su madre? Sebastian cerró los ojos mientras notaba que el estómago se le revolvía.

—Ella se quedó embarazada y su padre estaba muy enfadado. Él era un simple empleado, así que no podían casarse. Por eso decidieron tener el niño en secreto y luego renunciar a él y darlo en adopción a...

—Madre, ¿por qué no empiezas desde el principio y me dices de quién demonios estás hablando?

—... a una pareja sin hijos. Una pareja que creyera que no podía tener hijos propios y que estuviera desesperada por tener uno...

Otro trueno la obligó a guardar silencio. Cuando continuó hablando, un relámpago y la luz que iluminó la sala amplificaron sus palabras secas y empalidecieron su rostro agotado.

—Esa pareja... fuimos nosotros.

—¿De qué diablos estás hablando?

—De ti.

Sebastian se quedó paralizado.

—¡Tú! -repitió Claudette cubriéndose el rostro con las manos y comenzando a llorar-. Tú eres ese hijo.

Sebastian sintió que se le erizaba el pelo de la nuca. Miró a su madre y empezó a comprender. La miró durante un minuto largo, lleno de tensión, tratando de sacar una conclusión lógica de la información deslavazada que le había dado ella.

—¿Estás intentando decirme que no soy tu hijo?

Se miraron el uno al otro hasta que Claudette no pudo más y, con un gemido, apoyo los codos en las rodillas y enterró el rostro entre las manos.

—¡Tú siempre serás mi hijo! Es solo que... tú... Katie y Philippe... Yo siempre quise tener un hijo y, bueno, ella no tenía recursos. Era estadounidense y muy joven. Y había demasiado en juego. La reputación del príncipe heredero, el futuro de la monarquía... ¡Ay!

El llanto de Claudette rivalizó con el viento que azotaba el valle. La mujer sacó un puñado de pañuelos de papel de una caja de plata y se limpió la nariz.

—Madre, si crees que es una broma divertida, te equivocas.

—Sebastian, hijo mío, yo nunca... -los ojos le brillaban y la boca se abría y cenaba como por voluntad propia -... te he hablado más en serio. Yo... tengo la prueba. Con unas cuantas llamadas, estoy casi segura de que podría conseguir los documentos para mañana por la mañana.

Sebastian tensó los músculos de la mandíbula y entornó los ojos.

—¿Por qué has esperado hasta ahora para decírmelo?

—No quería que lo supieras. Tu padre y yo te queríamos como si fueras carne de nuestra carne. No había nada más sagrado que tu felicidad. Sabíamos que para ti sería horrible crecer con el estigma de haber sido rechazado por la familia real.

Sebastian se levantó, dio unos pasos hacia atrás y lo único que fue capaz de hacer fue quedarse mirando a aquella mujer a la que hasta entonces había creído conocer. Era tan extraño lo que decía que parecía estar hablándole en otro idioma.

—Además, no parecía importar mucho que fueras su hijo. Después de todo, Philippe tuvo más hijos que podían ser los herederos al trono.

—Todas hijas.

—Sí. es cierto, todas fueron niñas -Claudette levantó las manos en un gesto de súplica pidiéndole que la entendiera-. Pero solo me he acordado de que St. Michel necesitaba un heredero varón cuando tú me lo has dicho. Al fin y al cabo, el rey Philippe era joven y con Celeste parecía que iba a tener más hijos. Luego, con la impresión de la muerte de Philippe... Bueno, nunca se me ocurrió decirte la verdad hasta hace un momento.

—Estoy seguro de que antes de ahora has tenido oportunidades y motivos para decírmelo. ¿Por qué has esperado tanto tiempo?

—¡Hasta ahora no importaba! ¿No lo ves? Pero ahora, sin ti, St. Michel está en peligro de ser devorado por Rhineland. Y yo, como buena patriota, no puedo dejar que ocurra eso.

Sebastian observó cómo se agarraba el pelo y el traje de manera dramática, casi teatral. Y el espectáculo. desde luego, resultaba convincente. Pero ¿podía ser cierto todo aquello? No dijo nada, pero su mente no paraba de trabajar.

¿Podía ser él el hijo de Philippe de Bergeron?

¿Explicaría eso la inclinación que había sentido hacia Philippe y el hecho de no haberse sentido huérfano cuando había perdido a su padre? ¿Habría sentido Philippe la misma inclinación hacia él? ¿Por eso se había tomado tanto interés por el hijo de Claudette?, ¿por eso le habían hecho siempre partícipe de los asuntos de palacio?, ¿por eso había conseguido el aquella posición en la vida social y económica de St. Michel? ¿Estaba Claudette diciendo la verdad?

No.

Imposible.

Pero la historia de su madre era demasiado extraña para no ser cierta.

Todavía confundido, trató de pensar cómo podía afectar a su vida aquel giro de los acontecimientos. Miró al fuego y observó cómo las llamas devoraban el último leño. El salón estaba empezando a quedarse frío y consideró si atizar las cenizas y añadir otro leño.

Pero estaba demasiado paralizado, demasiado sumergido en sus pensamientos como para moverse.

Claudette, por su parte, no quería perder la intimidad del momento ni que Sebastian se distrajera.

—Sebastian, hijo mío, antes de ahora no había motivos para molestarte con detalles tristes sobre tu nacimiento. Tú estabas bien con nosotros. Tu... tu...

Claudette soltó un sollozo y se tapó la boca con los pañuelos de papel que tenía en la mano.

—Katie murió -continuó diciendo-. Seguramente que de tristeza. Yo tengo su certificado de defunción y otros documentos en... en una caja fuerte. No los he visto hace mucho tiempo. Parece todo un... sueño. Tú estabas feliz con nosotros ... ..Eras nuestro pequeñín...

Claudette se quedó pensativa unos instantes.

—Pero ahora eres un hombre. Y el futuro del reino de Philippe está en manos de su hijo. Tú eres ese hijo, tú eres el príncipe heredero y, como tal, tienes que salvar a nuestro país de Rhineland. Y especialmente si, por lo que sé, su matrimonio nunca fue anulado.

En ese punto, Claudette tenía razón.

Se oyó un trueno que hizo vibrar las ventanas y. en ese momento. Sebastian fue consciente de que lo que acababa de descubrir iba a arruinar su vida.

Porque si él era de verdad el hijo de Philippe de Bergeron, entonces era también hermano de Marie-Claire.

Marie-Claire estaba observando la tormenta desde la cama, tapada con su edredón de plumas. Aquella violencia de truenos y relámpagos era bastante extraña para St. Michel. Especialmente en marzo.

No recordaba haber vivido nada parecido en sus veintiún años de existencia. Hasta ese momento. solo sabía que había tormentas así por los libros.

Se fijó en la forma en que las sombras de la ventana se proyectaban sobre la pared y se preguntó cómo sufrirían la tormenta las personas que vivían en casas menos fuertes que la suya.

¿Cómo la estaría viviendo Sebastian?

Sebastian.

La cólera de la naturaleza aumentaba los turbulentos sentimientos que habían surgido en su interior desde que había visto a Sebastian aquella tarde. No había anticipado que el encuentro sería tan intenso. En Dinamarca, lo había echado mucho de menos, claro, pero no se había dado cuenta de la atracción que sentía por él hasta que sus besos habían hecho que las rodillas le temblaran.

Cerró los ojos y se tapó un poco más con la colcha.

Incluso en ese momento, podía sentir sus exigentes labios sobre ella. Recordaba su mano en el cuello, apretándola contra él mientras ella se derretía. La tarde en el río, los dos solos, había sido maravillosa. Sus besos habían sido tan calientes, húmedos y seductores como la tormenta que se cernía sobre ellos.

Aunque tenía los ojos cerrados. Marie-Claire sabía que no iba a poder dormir. No podía olvidarse de aquella tarde y del regreso a casa. Sus preocupaciones parecían estar muy lejos. barridas por la sensación de las manos de Sebastian en su cintura. Solo él sabía cómo calmarla, cómo hacer que en su mundo caótico volviera a reinar la armonía. Agradecida por aquel regalo que parecía enviarle el cielo. Marie-Claire juntó las manos sobre el pecho y rezó una plegaria. También le pidió a Dios que su padre no se preocupara, ya que todo acabaria saliendo bien. Rhineland desistiría de su empresa de anexionarse St. Michel y encontrarían a su misterioso hermano. Y también hallarían la anulación del matrimonio con Katie Graham.

Y pronto, muy pronto, ella se casaría con Sebastian y serían felices para siempre.

La despertó un golpe en la puerta. Se incorporó y miró, en medio de la oscuridad, el reloj iluminado que tenía sobre la mesilla. Eran poco más de las dos de la madrugada. ¿Qué querían a esas horas?

—Espere -dijo después de aclararse la garganta-. Un minuto.

Se puso la bata y fue hacia la pesada puerta de roble.

—¿Sí?

—Su Alteza tiene una visita en la biblioteca. Es el señor Sebastian LeMarc.

—Dígale que bajo en seguida -dijo, sorprendida y al mismo tiempo encantada.

—Sí, señora.

Marie-Claire corrió al cuarto de baño, se arreglo un poco el pelo, se puso un poco de maquillaje. se lavó los dientes y se dispuso a salir.

Al entrar en la biblioteca y ver a Sebastian, su corazón se llenó de amor. Estaba en medio de la estancia mirando hacia la chimenea.

Era impresionante. Tenía las piernas un poco separadas y los poderosos brazos doblados sobre el pecho.

El abrigo oscuro le llegaba por las rodillas y acentuaba la anchura de sus hombros. Tenía el pelo mojado por la lluvia y se le había rizado en la nuca y sobre las orejas. Una expresión pensativa adornaba su boca, perfectamente cincelada, y sus ojos.

Algo grave había sucedido.

A Marie-Claire le dio un vuelco el corazón. Miró el reloj y luego a Sebastian.

Este, como sintiendo su presencia, se volvió hacia ella.

La expresión de sufrimiento en sus ojos provocó en Marie-Claire el deseo de abrazarlo, Sus manos buscaron las mejillas de Sebastian y acercó su boca a la de él sabiendo que, pasara lo que pasara, tendrían que resolverlo juntos.

Sebastian rozó los labios de ella, pero luego se aparto bruscamente. Había una rigidez en su comportamiento que alarmó a Marie-Claire. Sebastian. con los ojos brillantes, buscó los ojos de ella, quien le dirigió una sonrisa para tranquilizarlo.

—En muchas cosas, eres como una versión femenina de él.

—¿De papá?

—Sí, tienes una expresión... no sé... cuando sonríes. No hay duda de que eres su hija.

—Mamá habría estado de acuerdo contigo. Aunque viniendo de ella, no habría sido ningún cumplido.

De nuevo, Marie-Claire sonrió intentando animarlo.

—Por eso debías ser su favorita,

—¿Qué?

—Por lo mucho que os parecíais. Ninguna de tus hermanas se parecía tanto a él.

—Pero ninguna de nosotras éramos lo que él esperaba -la risa de Marie-Claire fue amarga-. Porque él deseaba tener un hijo.

—Seguramente tengas razón -dijo él en un tono triste.

—Sebastian, ¿qué pasa? Estoy segura de que no has venido a estas horas a discutir mi relación con mi padre.

—No.

—Entonces ¿a qué has venido? Me estás asustando.

—Lo siento -cerró los ojos, apoyó su cabeza en la de ella y dio un suspiro-. He venido a hablar contigo.

—A estas horas, debe ser algo grave.

—Puede que sí.

—Sebastian, por favor, dime qué sucede.

Marie-Claire notó que su corazón estaba latiendo a toda velocidad. Sebastian se apartó y la miró a los ojos de una manera inquietante.

—¿He hecho algo malo? -añadió Marie-Claire.

—No.

—Entonces ¿qué?

Marie-Claire puso un dedo sobre los labios de Sebastian, pero aquel simple gesto pareció quemarlo. Bruscamente, él agarró su mano y la apartó. Ella, herida por el rechazo, se quedó paralizada.

El reloj marcaba los minutos y fuera seguían oyéndose los truenos, aunque ya más lejanos.

—Tengo que irme -Sebastian soltó su mano y retrocedió.

—¿Qué? Pero si acabas de llegar. Y has dicho que tenías que hablar conmigo.

—Yo... no he debido venir.

Marie-Claire no entendía nada, pero sabía que había pasado algo grave. Algo que iba a cambiar el curso de su vida. De repente, sintió un miedo atroz.

—Y ahora tengo que irme. Adiós, Marie-Claire.

Incapaz de decir nada, la muchacha lo vio salir hacia el pasillo, pasar al lado de los guardias y salir de la casa.

A la mañana siguiente, a través de la ventana del dormitorio de Sebastian, se veía un cielo azul límpido y sin muestras de la tormenta de la noche anterior. La radio dio la noticia de que había habido muchos daños, pero en ese momento, los rayos del sol penetraban en su habitación, calentando el suelo y la cama. El polvo había desaparecido y se notaba el aire limpio y fresco.

Pero Sebastian no veía el esplendor del mundo que había detrás de su ventana, solo sentía las grietas de su corazón. Tuvo que hacer un esfuerzo para vestirse y prepararse para afrontar el día. El día después de que el mundo se hubiera acabado para él.

No había sido capaz de decírselo.

Se odiaba a sí mismo por su cobardía, pero le había sido imposible.

¿Qué podían hacer?

De momento, lo mejor sería ir a ver a Simone y contarle todo. La verdad. Luego continuaría su vida con Marie-Claire o se resignaría a cumplir con el deber hacia su patria.

Era así de sencillo. Y de horrible.

Se puso al lado de la ventana mientras hacía un repaso de su vida. Se había criado en un ambiente privilegiado. Incluso su carrera como empresario en St. Michel le había sido relativamente fácil, debido a su posición social. Aunque nunca había entendido que su madre pudiera haber accedido a esa posición privilegiada. ya que era una mujer tosca, sin educación y sin encanto.

Todos sabían que se había casado por dinero. Claudette había sido siempre una mujer muy ambiciosa. Pero una vez que su marido había muerto, sus excentricidades se habían ido agudizando cada vez más.

Vivía en un mundo de sueños. No era consciente del dinero que tenía y gastaba muy por encima de sus posibilidades. Era una mujer que deseaba destacar entre la clase privilegiada de St. Michel. Después de todo, y a pesar de su procedencia humilde, se había casado con un miembro de la aristocracia. Y su hijo...

Sebastian observó su rostro de treinta y dos años. ¿Sería verdad lo que le había contado? Lo cierto era que había semejanzas entre Philippe y él. Algunas eran físicas, pero también había de otro tipo.

Los dos amaban el golf, les encantaba montar a caballo, compartían un sentido del humor parecido y ambos tenían la misma pasión por la vida. Los dos amaban a su país y estaban preocupados por su historia y su destino. Ambos creían en Dios y también en el poder del amor.

¿Serían de verdad padre e hijo?

Claudette aseguraba que sí.

Sebastian se pasó las manos por la cara y se frotó sus doloridas sienes y la frente. Hasta que no supiera toda la verdad, se mantendría apartado de Marie-Claire. Si todo salía a la luz y se sospechaba que entre ellos había una relación sentimental, sería una catástrofe para todos.

Sebastian se dejó caer en la silla que había junto a la cama y se puso los zapatos. Luego se miró al espejo. ¿Quién demonios era él? El día anterior era un famoso play-boy que cortejaba a la hija del rey y veinticuatro horas después, era el hijo del rey y resultaba que estaba enamorado de su hermanastra.

Así que era normal que se sintiera muy confuso.

Pero pronto, muy pronto, descubriría quiénes eran en realidad sus padres. Y así descubriría también quién era él. Decidido, terminó de atarse los cordones de los zapatos, se puso el abrigo y salió.

Era hora de llegar al fondo de todo aquel caos. Aunque odiaba que Marie-Claire se enterara de la verdad, sabía que debía ser valiente y confesárselo todo.

Capítulo 6

COMO jefe de los servicios de seguridad de St. Michel, Luc Dumont, sabía que la reina Simone era una interlocutora dura. Aunque como ya el primer ministro, René Davoine, le había encargado oficialmente encontrar al posible heredero de la corona, sabía que la entrevista con la reina madre era una simple formalidad. Pero en cualquier caso, no le iba a ser fácil. Sus tratos con algunos de los criminales más duros parecían de repente una chiquillada en comparación con aquella entrevista.

La mujer estaba muy recta en su asiento, con las manos en el regazo y ambos pies firmemente plantados en el suelo. Con el paso del tiempo, su severa expresión le había dibujado numerosas arrugas en las comisuras de la boca y también alrededor de los ojos. Ojos que eran como dos rayos láser de color azul, que no perdían detalle.

No todos los días se tenía una conversación con la realeza. Especialmente con un miembro entrado en años. A veces, a Luc le daban ganas de haberse dedicado a las ventas, como su padre.

Afortunadamente, Simone había preferido sentarse en un sillón cómodo, al lado de la ventana, en vez de elegir el trono. Sobre una mesita baja que había entre ellos, descansaba una bandeja con bizcochos recién hechos. Pero Luc sabía que no iba a ser capaz de comer nada. Se removió en su silla y humedeciéndose los labios con la lengua. observó la imponente habitación, en la que estaban solos, a excepción de los guardias de seguridad de la puerta.

Luego miró a Simone, pero no sabía muy bien dónde fijar la mirada.

Finalmente, clavó los ojos en sus zapatos, que parecían muy cómodos.

—¿Me está mirando las piernas?

—¿Qué...?, ¿cómo? dijo alzando rápidamente la vista y enrojeciendo.

—Mis piernas. Parece que me las está mirando.

—¡No! No, estaba... -mortificado, su vista cayó en las piernas de la anciana, que realmente no estaban tan mal. ¡Pero si no tenía que mirarlas!

—No se avergüence, joven. me siento muy orgullosa de conservarme tan delgada.

—Pero si solo estaba...

—Paseo diariamente y puedo hacer una milla en catorce minutos, lo que está bastante bien para una anciana como yo. ¿no cree?

—Sí, pero yo...

—Me resulta usted familiar, y no lo estoy diciendo para hablar de algo. Sin embargo, no creo que nos hayamos visto antes.

—Yo... -se aclaró la garganta-. Quizá me haya visto en las noticias de televisión el mes pasado. Sali hablando de un caso conectado con el contrabando de joyas.

—Tal vez, aunque no me gusta mucho la televisión. Solo veo el programa Iron Chef, ¿lo ha visto usted? soltó una carcajada y no esperó a que él contestara-.

Y el de Rutas del pasado. Ah, y también Biografías.

Estoy esperando a que me llamen, porque tuve una juventud fascinante... Bien, ¿dónde estábamos?

—Estaba usted diciéndome que le resultaba familiar.

—¿Está flirteando conmigo, joven?

De nuevo, Luc no supo qué decir, pero ella pareció no darse cuenta, porque soltó una carcajada. Era evidente que estaba bromeando.

—Bueno, continuemos -Simone pareció ordenar sus ideas-. Antes de que me diga cómo va su plan para encontrar a mi nieto, cuénteme algo de usted. Me gusta conocer a las personas con las que trabajo.

—Nací en Estados Unidos, pero me crié

en Francia. Mis abuelos paternos murieron cuando yo tenía cuatro años y mi madre cuando tenía seis. Cuando mi padre volvió a casarse, me enviaron a estudiar a Inglaterra. Primero a Eton y luego a Cambridge. El padre de un compañero y amigo de Cambridge me sugirió que trabajara para la Interpol, y eso hice durante ocho años. Luego vine a St. Michel a trabajar como jefe de los servicios de seguridad.

—¿Por qué?

Luc no se esperaba la pregunta y no podía contestar que porque no se sentía de ningún país en particular. Esa no sería una respuesta profesional.

—Pues porque estaba cualificado para ello.

—¿Y exactamente qué es lo que lo cualifica para encontrar a mi nieto?

—¿Aparte de mi educación y experiencia?

Simone asintió.

Luc se encogió de hombros mientras buscaba una respuesta.

—Creo que en este caso puede ayudarme el entender a su nieto. El o ella perdió a su padre cuando era pequeño, como yo perdí a mi madre. He vivido en Estados Unidos y Francia y entiendo bien las dos culturas y... sé lo que es...

—¿El qué?

—...no tener familia.

La dura mirada de Simone se ablandó ligeramente y, por un momento, se hizo casi maternal. Luc contuvo una sonrisa y se la imaginó de joven.

—Muy bien. Y ahora dígame lo que ha descubierto hasta el momento.

Luc respiró aliviado. Aparentemente, había pasado el examen.

—Hasta ayer, sabíamos que Katie Graham dio a luz...

Un extraño ruido al otro lado de la estancia atrajo la atención de ambos.

Las enormes puertas de madera de roble de la sala del trono se abrieron y Sebastian LeMarc irrumpió en ella. Calmó con unas palabras a los guardias de seguridad y continuó hacia donde estaban Simone y Luc. Claudette iba detrás de él sin parar de hablar y pidiéndole que no hiciera una escena.

Sebastian le hizo un gesto para que se callara, pero fue inútil.

Los guardias miraron a la reina, que asintió para darles a entender que se relajaran y volvieran a sus puestos.

Antes de ver a la reina, Sebastian había querido hablar con Marie-Claire. Pero no estaba disponible en ese momento y el estado emocional de Claudette no les permitió entretenerse a esperarla.

Quizá era mejor así.

Primero, hablarían su madre y él con la reina Simone y luego hablaría él solo con Marie-Claire. cuando ya supiera a qué atenerse. Era mejor que Marie-Claire se enterara de todo por él y en privado. Aunque Sebastian sabía que iba a ser una conversación bastante dura.

Decidido a llegar al fondo de la cuestión, cruzó la sala y se acercó a Simone. Llevaba en la mano unos documentos que un amigo de Claudette había conseguido esa misma mañana en el gobierno civil.

La reina Simone hizo un gesto de disgusto ante la interrupción.

—Señor LeMarc, ¿qué significa esta visita inesperada?

—Le pido disculpas, pero me ha llegado una información que creo será de su interés.

Simone hizo un gesto con sus manos, en las que brillaron varios diamantes, e hizo las presentaciones pertinentes.

—Sebastian LeMarc. Me gustaría que conociera al señor Luc Dumont, jefe de los servicios de seguridad de St. Michel. La mujer de la cara colorada que va detrás de él es Claudette LeMarc, la madre de Sebastian.

Claudette hizo una reverencia e inclinó la cabeza cortésmente.

Sebastian estrechó la mano de Luc.

—Por favor, disculpe mi intromisión, pero creo que va a ser interesante para todos.

—Continúe -dijo Simone.

—Tengo motivos para creer que puede prescindir de los servicios del señor Dumont. Le pido disculpas, señor, porque el heredero desaparecido ya ha aparecido.

Simone se puso muy derecha.

—No me gustan los juegos de ingenio, LeMarc. Si tiene al heredero, díganos ahora mismo dónde está.

—Está bien, Alteza -Sebastian miró a su madre con dureza. Esta parecía a punto de desmayarse-. Lo tiene ante sus ojos.

Marie-Claire estaba en el umbral y no estaba segura de haber oído correctamente. Las palabras de Sebastian quedaron flotando en el aire y el grupo que estaba al lado de la ventana se quedó inmóvil.

¿Sebastian estaba diciendo que él era el heredero desaparecido?

¿Y por qué no lo había dicho antes?

Por otra parte, si era el príncipe heredero, él sería su... hermano.

Marie-Claire sintió que le zumbaban los oídos mientras le subía un intenso calor por la cara. Iba a desmayarse. Buscó algo donde agarrarse, pero no encontró nada.

Uno de los guardias la miró preocupado. Ella sonrió débilmente y el hombre corrió a ayudarla. Aunque el salón del trono normalmente era una zona privada y reservada al rey, el guardia entendió que era una ocasión especial y la condujo hasta allí para sentarla en uno de los sillones. Marie-Claire contuvo las ganas de vomitar y. con la cabeza entre las rodillas, escuchó la conversación.

—¿Tu eres el hijo de Philippe y Katie? -dijo la reina Simone mirándolos sorprendida, primero a él y luego a su madre-. ¿Claudette? ¿Cómo puede ser eso cierto?

Sin que nadie la invitara a hacerlo, Claudette se dejó caer en una de las sillas cerca de la reina.

—Yo... yo.. estaba allí. En la boda -se volvió hacia Luc-. Mire, tengo pruebas.

Luc asintió.

—Es cierto. La firma de Claudette Le-Marc figuraba en el certificado de matrimonio como testigo.

De nuevo la sala se quedó en silencio mientras todos digerían la noticia. Marie-Claire se atrevió a mirar y vio de pie a Sebastian. Era tan guapo, tan fuerte, tan regio...

Hundió de nuevo la cabeza en las rodillas para bloquear la horrible idea de que pudiera ser su hermano.

—Sebastian, siéntate, me estás poniendo muy nerviosa. ¿Quiere alguien una taza de café o quizá algo más fuerte? Es temprano, pero podemos pedir que nos hagan un combinado. O quizá algo con veneno.

Una criada, sin decir nada, se dispuso a servirles café.

Sebastian, sin poder evitar una sonrisa ante la ironía de la reina, fue a sentarse a su lado.

Claudette aceptó su taza de café con manos temblorosas.

—Ella no podía quedarse con él.

—¿Cómo? -Simone miró con descarado disgusto a la pobre Claudette.

—A Katie y a Philippe les dijeron que su matrimonio no era legal.

La vieja reina miró a Claudette y luego al suelo sonrojándose ligeramente.

—Katie no podía afrontar la vuelta a casa con el niño y la vergüenza de que este hubiera nacido fuera del matrimonio. Así que se quedó en Francia conmigo y mi marido durante siete meses y medio, hasta que el niño nació. Luego... -Claudette hizo una pausa para tomar un pañuelo... decidió dejarlo a nuestro cuidado.

Simone miró a la mujer por encima de las gafas. Después movió la cabeza negativamente.

—No puedo creerme que Philippe no me contara eso.

—¡Porque no lo sabía! El padre de Katie le dijo a Philippe que su hija se había ido y que el niño iba a ser adoptado por una familia estadounidense. Philippe no era más que un adolescente y no tenía recursos para ir a buscarla.

Claudette, perdida en sus recuerdos, miró hacia la ventana con un gesto dramático y buscó en su memoria datos más concretos.

—Continúa -le ordenó Simone, impaciente.

—Mi marido y yo en ese momento no teníamos niños y, como estábamos relacionados con la realeza -al decirlo, levantó la barbilla-, Katie pensó que éramos los padres perfectos para el bebé y que le daríamos todo lo que ella no podía darle. No hace falta que le explique que nosotros estábamos felices de tener finalmente un hijo. Poco después de que naciera, rellenamos los documentos para la adopción -miró a Luc y parpadeó-. Puede usted hacer copias de los documentos que he traído, si lo desea.

—Por supuesto que las haré.

—Sí, sí, claro -una sonrisa iluminó su cara. Luego se apagó rápidamente y la mujer continuó su historia-. Katie entonces volvió a Texas para continuar viviendo con su padre. Varios años después, mi marido y yo vinimos a vivir a St. Michel con Sebastian y lo criamos como a un hijo. Philippe nunca supo que Sebastian era su hijo.

Marie-Claire se levantó y cruzó despacio la sala con una mano en la cabeza.

—¡No! No me lo creo. ¡Está mintiendo! ¡No puede ser cierto! ¡Sebastian, no la creas!

—¡Marie-Claire! -Sebastian se volvió al oír su voz.

—No es cierto, te lo digo de verdad -gritó-. Claudette, ¿por qué estás haciendo esto?

—Siento que esta noticia te inquiete tanto, pero es la verdad.

—Yo...

—¡No!

Todos, incluida Marie-Claire, se volvieron hacia la puerta. Llena de ira. Celeste entró en la sala con los puños cerrados.

—Esto es un escándalo, es monstruoso -señaló a Claudette-. ¿Va a creer a esta estúpida?

—¿Cómo se atreve? -comenzó Claudette.

—¡Cállate! -la mirada hostil de Celeste se

posó en la reina Simone-. Vieja loca, no hay ningún heredero desaparecido.

Marie-Claire, por una vez en su vida, deseó estar de acuerdo con la odiada viuda de su padre.

Poco después, también llegaron Lise y Ariane, seguidas de Georges y Juliet, para enterarse de lo que estaba pasando. Todos empezaron a insultarse y a hablar a la vez, hasta que Sebastian pidió silencio.

Todos, la reina Simone incluida, lo obedecieron. No se oyó nada mientras él permaneció allí en pie, con las manos en las caderas y los ojos brillándole como brasas.

Cuando habló, su voz era peligrosamente baja. Todos los ojos estaban fijos en él y todos, quisieran o no admitirlo, se preguntaban si era verdad lo que acababan de oír porque, desde luego, él daría la talla como rey.

—Nunca quise ser príncipe, y menos aún rey. No tengo ningún deseo de ocupar el puesto ahora ni en el futuro. Yo estoy tan sorprendido como todos de esta inesperada revelación.

Se volvió hacia Marie-Claire y se miraron un rato largo, haciendo que todos se sintieran confundidos.

Marie-Claire intentó calmarse, pero le resultó inútil y comenzó a llorar. Nunca, jamás, creería toda esa sarta de mentiras de Claudette.

Miró a la mujer y luego a Sebastian. ¿Era ella la única que veía el parecido entre ellos? El mismo cabello oscuro y rizado, los mismos ojos azules y la misma barbilla. Se volvió hacia Claudette y entornó los ojos. Afortunadamente, el parecido terminaba ahí.

Claudette era un persona llena de inseguridades, mientras que su hijo era la antítesis. Donde Claudette era débil, Sebastian era fuerte. Donde Claudette era manipuladora y retorcida, Sebastian se mostraba sincero y directo. Donde Claudette necesitaba la aprobación de los demás, Sebastian tenía una seguridad en sí mismo aplastante.

Luego volvió a mirar a Sebastian pidiéndole en silencio que fuera sensato y tratara de ver la realidad.

Sebastian la miró y leyó sus pensamientos y su angustia, pero era incapaz, por muchas razones, de hacer lo que ella le pedía. Finalmente, apartó la vista y, al hacerlo, le rompió el corazón.

—Luc, quiero que investigue a fondo todo este asunto. Averigüe lo que pueda sobre mis... -miró a Claudette-... padres verdaderos. Y, Alteza, dejo en sus manos el paso siguiente a dar -añadió dirigiéndose a Simone.

La anciana asintió.

Marie-Claire permaneció con los ojos muy abiertos mientras Celeste daba un grito y Sebastian salía de la estancia.

Marie-Claire alcanzó a Sebastian al final del pasillo, donde comenzaba una impresionante escalinata. Lo llamó, sin aliento, y fue solo la desesperación en su voz lo que lo detuvo.

Sebastian se volvió hacia ella, aunque no quería hacerlo. No quería ni pensar en la posibilidad de que fueran hermanos después de lo que habían compartido. Dio un paso hacia ella y la miró a los ojos. Cuando Marie-Claire hizo ademán de agarrarlo del brazo, él intentó no encogerse.

—Sebastian.

—¿Qué?

—No puedes creer esa estúpida historia.

Sebastian notó que le faltaba el aire al oír su súplica e hizo un gran esfuerzo para no tomarla entre los brazos.

—¿Por qué no? Claudette tiene pruebas. Documentos legales. Tengo la edad justa y no se puede negar que hay otras similitudes.

—Son una coincidencia, nada más!

—No, Marie-Claire.

—Sebastian.

—Marie-Claire, tienes que admitir que hay posibilidades de que sea cierto.

—¡Imposible!

—No puedes afirmarlo. Aunque, eso sí, es imperdonable que Claudette me haya estado mintiendo todos estos años. Ha sido una madre cariñosa, pero también muy egoísta.

—¡Exacto! ¡Y por eso está mintiendo ahora!

Marie-Claire se puso delante de él, que estaba apoyado sobre la barandilla de una de las escaleras, de manera que no podía evitar que ella lo tocara. La muchacha lo agarró por la solapa de la camisa y apretó una mejilla húmeda contra su pecho. Las lágrimas calientes quemaron la piel de Sebastian.

—Esto no puede ser verdad.

Sebastian se quedó inmóvil, con los brazos a ambos lados del cuerpo, mientras ella lloraba. Estaba destrozado, pero no podía hacer nada para que dejara de llorar.

Finalmente, Marie-Claire se limpió las lágrimas con el dorso de la mano y trató de calmarse. Aunque la pena la invadió de nuevo y continuó llorando lastimosamente.

Sebastian cerró los ojos. Notaba un insoportable nudo en la garganta que lo tenía a merced de ella. Deseó poder decir algo.

cualquier cosa que borrara su agonía, pero no sabía qué.

Y ella continuó llorando contra su pecho, agarrada a su camisa para no caer al suelo.

Sebastian no pudo más y la abrazó con toda sus fuerzas.

—Marie-Claire, por favor -murmuró contra su pelo-, no llores, amor mío.

Ella se agarró a él con más fuerzas aún y Sebastian le acarició la espalda, el pelo y la cabeza. Finalmente, le agarró la cara entre las manos y besó sus mejillas.

—Por favor, Sebastian, no dejes que esto ocurra. Por favor, créeme cuando te digo que Claudette está mintiendo. ¿Qué clase de madre guardaría esa información durante treinta y dos años?

—Pero ¿para qué iba a mentirnos?

—Porque es una oportunista.

—Puede que tengas razón, pero también puede que sea cierto. En cualquier caso, todo esto nos pone en una situación muy complicada, Marie-Claire. Especialmente con la prensa.

—¡Al diablo la prensa! Estoy harta de que la gente gobierne mi vida.

—No, Marie-Claire, piénsalo desde el punto de vista de ellos. ¿Amantes o hermanos? O mucho peor, las dos cosas juntas. Nuestra relación y esta noticia inesperada sobre el hijo de Philippe nos traería muchos problemas a todos hasta que se averigüe la verdad.

Marie-Claire enterró el rostro en la camisa de Sebastian y dio un gemido que le salió del alma.

—No.

El quería morirse.

—Marie-Claire -la abrazó como habría hecho con un niño asustado-. No importa lo que pase, te quiero demasiado para hacerte daño.

—¡Pero también me estás haciendo daño ahora! -levantó el rostro y lo miró implorante-. Sebastian, es imposible que seas mi hermano, ¿no te das cuenta? ¡Tú eres un regalo que el cielo me ha enviado! Estamos hechos el uno para el otro. Somos almas gemelas, pero no como hermano y hermana, sino como marido y mujer.

Aunque a Sebastian le dolía mucho, sabía que tenía que ser fuerte.

—Marie-Claire, en estos momentos, ni siquiera sé quién soy.

—Yo sí.

—Dímelo.

—Mi otra mitad.

Eran las mismas palabras que él le había dicho a ella el día anterior. Impulsivamente, Marie-Claire apretó su boca contra la de él y, por un momento, Sebastian se olvidó de todo y el corazón empezó a palpitarle con fuerza por el deseo prohibido. Marie-Claire apretó sus labios contra los de él.

—No.

Temiendo que ella pudiera ser de verdad su hermana, él se apartó bruscamente y, con el corazón palpitándole a toda velocidad, bajó varios escalones.

Marie-Claire se agarró a la barandilla y se arrodilló.

—No podemos hacer esto, Marie-Claire. No podemos.

Y sin mirar atrás, Sebastian la dejó llorando en lo alto de la escalinata.

Capítulo 7

HABÍAN pasado veinticuatro horas. Marie-Claire había llorando tanto que tenía los ojos hinchados y le dolía la cabeza. Miró hacia la ventana. Un pájaro se posó en el alféizar y comenzó a cantar.

—¡Cállate!

Se arrojó sobre su cama hasta que localizó un almohadón y lo tiró al cristal.

La vida había terminado para ella.

No tenía motivos para continuar. Había perdido el único amor de su vida y la existencia había perdido todo su color.

La realidad había pasado a ser en blanco y negro para ella.

Cerró los ojos y se agarró la cabeza mientras recordaba la revelación del día anterior por la mañana y lo que conllevaba. La voz chillona de Claudette resonaba en su cabeza una y otra vez volviéndola loca.

Después de que Sebastian se hubiera marchado, ella se fue a su habitación, se encerró y se negó a ver a nadie. Ni siquiera permitió que le llevaran algo de comida.

¿Por qué iba a ser él su hermano?

Todos menos ella se habían creído aquella mentira ridícula y, por el bien de St. Michel, tenían que darse cuenta de que Claudette no estaba diciendo la verdad.

De acuerdo, Sebastian tenía los mismos ojos azules que el rey Philippe y también el mismo hoyuelo en la barbilla.

¿Y qué?

Y también tenía el mismo pelo oscuro y... el mismo timbre de voz, que tanto le gustaba a Marie-Claire. Pero eso no quería decir que Philippe hubiera sido su padre.

¿Verdad'?

¡No!

—¡No, no y no!

Marie-Claire se pasó la mano por los ojos y apretó la boca contra el borde de la manta. Sebastian no era su hermano!

Habían nacido para ser amantes, para vivir juntos y tener hijos. El destino no podía ser tan cruel.

Muy lentamente, apartó la manta y se sentó sobre la cama. Luego observó su rostro en el espejo que había al otro lado de la habitación. Tenía el cabello enredado y sus ojos estaban rodeados por dos aureolas rojas. Parecía agotada.

Fría y rígida como si estuviera muerta, Marie-Claire se colocó en el borde de su enorme cama y se sentó un momento para tomar aire.

Se sobresaltó al oír un golpe en la puerta.

—Fuera.

Podía oír a Lise y a Ariane hablando en el pasillo.

—Marchaos.

—Te hemos traído pastelillos de canela y café.

Marie-Claire se puso derecha. Seguro que el doctor les había aconsejado que la trataran cariñosamente. Marie-Claire fue despacio hacia la puerta, descorrió el cerrojo y la abrió.

Sus hermanas abrieron la boca espantadas al ver sus ojos rojos y su aspecto desfallecido. Marie-Claire les hizo un gesto y fue tambaleándose hasta la cama.

—Tiene muy mal aspecto -observó Ariane.

—¿Llamamos al médico? -preguntó Lise.

—Dejad de hablar de mí como si no estuviera.

Lise fue hacia la ventana y la abrió para refrescar el ambiente. Ariane colocó la bandeja sobre la mesilla y sirvió una taza de café. Luego agarró un cepillo, se sentó en la cama y comenzó a desenredar el pelo de su hermana.

—¡Hay! -se quejó Marie-Claire.

—¿Demasiado caliente? -le preguntó Ariane, al ver a su hermana con la taza en la mano.

—No, me has hecho daño.

—Lo siento.

—Así que esa noticia te ha roto el corazón. ¿verdad? -dijo Lise acercándose y alisándose el vestido.

—¿Cómo te has dado cuenta? -replicó Marie-Claire haciendo una mueca.

Lise sonrió y se puso al lado de Ariane.

—Algunas veces es difícil darte cuenta de que tu hermana pequeña ha crecido y es capaz de tener sentimientos tan profundos.

—Es cierto -dijo Ariane.

—Sin embargo, todavía estoy esperando a que tú crezcas -le replicó Lise.

—¿Qué dices? Solo porque estés casada te crees que puedes aconsejar a todo el...

Pero su hermana mayor interrumpió las palabras de Ariane.

—No eches la culpa a mi matrimonio de que tú no hayas madurado...

—¿Me disculpáis un momento? -Marie-Claire miró a sus dos hermanas-. ¿Podemos, si no os importa, concentramos por una vez en mis problemas'!

Sus hermanas, avergonzadas, asintieron.

—Por supuesto, Marie-Claire. ¿Qué podemos hacer para ayudarte?

—Necesito vuestro consejo para ganarme el amor de un hombre -respondió.

—No será... -Lise colocó una mano sobre su pecho y tragó saliva- Sebastian, ¿verdad?

—¿Sebastian, nuestro nuevo hermano mayor? -añadió Ariane, sorprendida.

—Sí.

—¿Quieres conquistar a un hombre que podría ser nuestro... nuestro... hermano? -Lise estaba escandalizada-. Marie-Claire, cariño, eso es una...

—Barbaridad -terminó la frase Ariane.

—¡No es hermano nuestro!

—No puedes estar tan segura -comentó Lise.

—Sí puedo.

—¿Cómo?

—Intuición -aseguró Marie-Claire-. Solo tienes que mirar a los ojos a Claudette cuando asegura que Sebastian es el hijo de Katie. Los ojos de una madre nunca mienten y estoy segura de que Sebastian es hijo suyo.

—¿Y por qué iba a decir entonces que es su madre adoptiva?

Marie-Claire soltó una risotada.

—Por ambición. Si lo nombran príncipe heredero, ella saldría beneficiada.

—Pero entonces Sebastian tendría que darse cuenta de que está mintiendo -aseguró Ariane.

—Supongo que se habrá dado cuenta.

—¿Y por qué le está siguiendo el juego?

—Porque esa mujer nos ha metido miedo a todos. Si hubiera la más mínima posibilidad de que fuera mi hermanastro, sabe que nuestra relación nos destrozaría a ambos. Se apartaría de mí, incluso sabiendo que Claudette miente, para protegerme.

—La verdad es que he visto a Claudette varias veces en el club con sus compinches -admitió Lise-. Puede que sea cierto que está mintiendo.

—Sí, la verdad es que los ojos azules de Sebastian no se parecen en nada a los de papá -añadió Ariane.

—Ahora que lo mencionas, los ojos de Sebastian se parecen mucho a los de Claudette -comentó Lise-. Y además, ¿por qué habría esperado hasta ahora esa mujer para desvelarlo?

—Porque papá lo habría negado -aseguró Marie-Claire.

Las tres parecían ver claro el engaño, pero como siempre, Lise fue la que mostró más cautela.

—¿Y si nos equivocamos?

—Estoy segura de que no nos equivocamos. Sebastian pertenece a nuestra familia tanto corno... como... -Marie-Claire hizo un gesto hacia Lise-Wilhelm.

—Cierto -dijo Lise en un tono seco.

—Lo siento -se excusó Marie-Claire al darse cuenta de lo inadecuado de su comentario.

—Y yo.

—En cualquier caso, lo que está claro es que Claudette está mintiendo -continuó la pequeña de las tres hermanas-. Esa mujer es capaz de decir cualquier cosa para conseguir lo que quiere, que no es otra cosa que poder.

Ariane y Lise asintieron.

—En cualquier caso, no dejaremos que se salga con la suya -aseguro Marie-Claire- Esa mujer está tratando de arruinar tanto mi vida, como la de Sebastian, y necesitaré que me ayudéis a evitarlo.

—Estás muy enamorada de él, ¿verdad? -le preguntó Lise apretando la mano de Marie-Claire.

—Sí.

—Entonces no permitiremos que lo pierdas.

—Muy bien -asintió Marie-Claire.

Y luego tendrían que tratar de arreglar la vida sentimental de Lise. A Marie-Claire le dolía mucho la situación de su hermana mayor. Y estaba muy agradecida a sus hermanas, porque era evidente que la habían creído y que iban a tratar de ayudarla.

—Bueno, ¿y qué vamos a hacer? -preguntó Lise.

Marie-Claire sonrió y fue a buscar un papel y un bolígrafo.

—Si os parece. vosotras me daréis ideas de cómo puedo conquistar a Sebastian y yo las iré escribiendo. Empieza tú. Lise, que eres la que está casada.

Lise pareció ponerse triste. Incluso estando embarazada, Wilhelm no estaba muy atento con ella.

—Bueno, en primer lugar, yo trataría de resultar lo más atractiva posible.

Marie-Claire comenzó a escribir.

—¿Y qué podría hacer para resultar más atractiva?

—Yo empezaría por darme un baño -comentó Lise, arrugando la nariz.

—Muy bien. ¿Y qué más?

—Te vendría bien cambiar tu aspecto. Podríamos ir un día a París para que te cambiaras el peinado y compraras ropa.

—Muy bien. ¿Os parece bien que vayamos mañana mismo?

—Por mí estupendo -aseguré Lise-. Wilhelm está de viaje.

—Yo también puedo -añadió Ariane-. Tenía pensado ir a comprar ropa de todos modos para un pequeño viaje que voy a hacer.

—De acuerdo -dijo Marie-Claire-. ¿Y dónde vas a ir?

—A Rhineland.

—¿A Rhineland? -se extrañó Lise-. ¿Para qué?

—Me han invitado.

—¿Quién? -preguntó Marie-Claire.

—Etienne.

—¿Etienne? -se extrañó Lise.

—El príncipe Etienne Kroninberg de Rhineland? -añadió Marie-Claire-. ¿Nuestro enemigo?

Ariane asintió.

—¿Es que te has vuelto loca? -le espetó su hermana pequeña.

—No más que tú.

—Tienes razón -admitió Marie-Claire sonriendo-. ¿Y cuándo te vas?

—El domingo por la mañana.

—¿El domingo? Pero si ya estamos a viernes... ¿Y por qué tanta prisa? -quiso saber Lise.

No puedo contároslo -dijo Ariane.

—¿Es que no confías en nosotras? -preguntó Marie-Claire.

—No insistáis, no os puedo contar nada por el momento.

—Está bien -dio Marie-Claire-. Pero ya que parece que vas a fugarte con Etienne, ¿por qué no me das también tú algún consejo?

—No voy a fugarme con él.

—Llámalo como quieras.

—No sé. ¿Por qué no se lo preguntas a Sebastian?

Marie-Claire hizo un gesto de incredulidad.

—Estoy hablando en serio -añadió Ariane-. Trátalo como a un hermano. Es lo que dice que es, ¿no? Yo a mi hermano mayor le contaría mis secretos y le pediría consejo sobre todo.

Marie-Claire se quedó mirando fijamente a su hermana.

—¡Qué buena idea, Ariane!

Sebastian aparcó el Peugeot al llegar al palacio de Bergeron. Justo cuando iba a quitarse las gafas de sol, decidió que sería mejor dejárselas puestas para disimular las ojeras. Las últimas veinticuatro horas habían sido terribles para él y la noche anterior no había podido dormir nada.

Las hermanas de Marie-Claire le habían contado que también ella lo estaba pasando mal. Al parecer, se había negado a probar bocado y no quería ver a nadie. De hecho, no había querido contestar a ninguna de sus llamadas para disculparse por el modo en que ella se había enterado de la noticia.

Noticia que, eso sí, no estaba claro que fuera verdad.

Así que en cuanto acabara su reunión

con Simone, que lo había llamado para ponerse de acuerdo sobre el mejor modo de actuar y anunciar a la población su nombramiento, en el caso que todo resultara cierto, se acercaría a hablar personalmente con Marie-Claire.

Estaba claro que ambos se sentían muy mal y quizá pudieran consolarse mutuamente.

En ese momento, oyó voces y se dio cuenta de que Luc Dumont había aparcado cerca de él y estaba saludando a Juliet, la hijastra de Philippe. Sebastian frunció el ceño al verlos conversar animadamente. ¿No se habrían dado cuenta de lo mal que iba todo? La vida era un desastre. Se bajó del coche y fue hacia la entrada.

Marie-Claire vio a través de la ventana de su habitación a Sebastian bajarse de su coche. Al fijarse de nuevo en lo guapo que era, el corazón le dio un vuelco. Era un hombre impresionante.

Mientras lo contemplaba, se acordó de la conversación que había escuchado aquella mañana después de que sus hermanas la dejaran sola.

Y mañana por la noche se celebrará aquí, en palacio, una rueda de prensa -había oído Marie-Claire que estaba diciendo Francie en el pasillo-. Según dicen, será para tratar de acallar los rumores acerca de que Rhineland va a invadir St. Michel. Aunque creo que no es la verdadera razón.

Todo el mundo sabía que Francie, la dama de compañía de Ariane, era una chismosa.

—¿Y cuál es la verdadera razón? -le había preguntado una doncella.

—¿Me prometéis que no se lo vais a contar a nadie?

Marie-Claire había entornado los ojos.

—Sí, te lo prometemos -dijeron varias doncellas.

—Está bien. Ya sabéis que estoy saliendo con uno de los escoltas de Simone. Bueno, pues me ha contado que Sebastian LeMarc es hijo de Philippe.

Marie-Claire ahogó un gemido, consciente de que el rumor iba a correr como la pólvora.

—Por otra parte, sabéis que también salgo con el hijo del secretario personal de Simone. Pues bien, este me ha contado que están utilizando la noticia de la posible invasión de Rhineland para distraer a los paparazzi. ¿Qué os parece? -preguntó Francie con un tono dramático-. Sebastian LeMarc es el príncipe heredero.

Todas las doncellas comenzaron a dar gritos.

—¿No es fantástico? -comentó la dama de compañía de Ariane.

Marie-Claire se estaba poniendo enferma, pero la venció la curiosidad y siguió escuchando la conversación.

—Otro hombre con el que salgo que trabaja en la cocina... -continuó diciendo Francie.

Marie-Claire se preguntó si habría algún hombre en palacio con el que no estuviera saliendo aquella mujer.

Me ha contado que Simone tenía esta mañana una reunión con su secretario, los consejeros de estado, el primer ministro y Sebastian LeMarc.

Las doncellas volvieron a gritar de alegría.

—¡Qué bien! El doble de George Clooney va a vivir en palacio.

—Y después de la rueda de prensa de mañana por la noche, se dará una fiesta en el salón Cristal para celebrar que St. Michel seguirá siendo independiente de Rhineland...

Todas prorrumpieron en nuevos gritos de alegría.

Marie-Claire salió de su ensimismamiento al ver que Sebastian entraba en palacio después de saludar a Juliet y a Luc.

Entonces se preguntó qué estaría haciendo su hermanastra charlando con el jefe del servicio de seguridad. Marie-Claire sabía que Juliet había estado últimamente tratando de consolar a Jacqueline, la más joven de sus hermanastras. Pero salvo eso, no sabía casi nada de Juliet. Era una chica tan tímida y reservada que Marie-Claire nunca había reparado mucho en ella.

Cuando vio que Juliet entraba en el coche de Luc, sospecho que aquel hombre quería sacarle información a su hermanastra. Lo más probable era que no se hubiera creído él tampoco la historia de Claudette.

Quizá debiera charlar con él para saber su opinión. Juliet podría presentárselo.

Pero entonces cayó en la cuenta de que quizá él no estuviera tratando de sonsacar información a su hermanastra, sino flirteando con ella. Pero no podía imaginarse a Juliet flirteando con nadie y menos con un hombre tan experimentado como Luc Dumont. De hecho, esperaba que no cometiera la estupidez de enamorarse de un hombre mayor que ella.

De un hombre guapo y mayor que ella.

Porque luego podía resultar que fuera otro miembro de la familia.

Marie-Claire hizo una mueca de desagrado, se apartó de la ventana y volvió a sentarse en el suelo, donde había estado trabajando toda la tarde.

Había colocado varios almohadones, junto a un bote de palomitas, una jarra de limonada, un televisor portátil, un taco de revistas, varios libros, una libreta para tomar notas y un bolígrafo. Y todo aquello le había servido para tratar de averiguar algo sobre la familia de Claudette. También había entrado en Internet para investigar su pasado y para comprobar si había algo sobre aquella Katie Graham, que se suponía que se había enamorado de su padre hacía treinta y tres años.

Pero no había encontrado nada interesante y finalmente había decidido concentrarse en otras tareas. Y así, siguiendo con su plan de convertirse en una mujer irresistible para Sebastian, había decidido estudiar la cultura estadounidense. Ese país era sin duda una sociedad que le daba gran importancia al papel de la mujer seductora.

Así que había estado buscando entre los cientos de canales de televisión por cable que podía sintonizar. En ese momento, estaba viendo El show de Jerry Springer y curiosamente aquel día estaban hablando de los hombres que decidían casarse con sus primas.

Jerry se acercó, micrófono en mano, a la señora Lula Parnella, una mujer de veintiocho años, madre de siete hijos. Seguramente esa era la razón por la que la pobre parecía tener ochenta.

-Lula -comenzó a decir Jerry, hojeando una notas-, al parecer, te casaste con tu primo, Junior Parnella, a los trece años. ¿Es cierto?

—Sí.

—Y has tenido tus siete hijos con él. ¿Es conecto?

—Y hay otro en camino -dijo Lula tocándose el vientre.

—¿Sabe Junior que estás otra vez embarazada?

—No. Voy a contárselo ahora, aquí en televisión,

—Muy bien, porque Junior va a estar con nosotros dentro de breves instantes. Y ha venido acompañado de Ona, su hermanastra y actual mujer.

—Sí, esa piii me robo a mi esposo -dijo Lula, muy excitada-. Y cuando le ponga las manos encima, le voy a pegar una piii que se va a enterar, la muy piii.

Marie-Claire frunció el ceño. Aquellos pitidos apenas le dejaban entender la conversación.

—Pues hagamos entrar a Ona -dijo entonces Jerry.

Los espectadores comenzaron a silbar cuando apareció una mujer de veintiún años que lucía un generoso escote y se contoneaba sobre sus zapatos de tacón alto. Se volvió hacia el público e hizo un gesto desafiante.

—No se vayan, volvemos en seguida después de la publicidad -dijo entonces Jerry sonriendo.

Marie-Claire asintió despacio. Estaba claro que le quedaba mucho por aprender si quería conquistar a Sebastian. En primer lugar, debería cambiar su estilo de vestir. Su guardarropa era demasiado conservador, se dijo mientras tomaba notas en su libreta.

Luego se puso a mirar otros canales hasta que finalmente dio con El show de Ricki Lake.

—Ricki, hasta ahora siempre hemos pensado que los hombres éramos de Marte mientras que las mujeres eran de Venus -dijo una mujer, que al parecer era una escritora-. Pues bien, estábamos equivocados.

—¿De veras? -preguntó Ricki frunciendo el ceño.

—Sí. Ahora sabemos que los hombres son de Urano.

—¿Es una broma?

—Ya sé que suena raro, pero para triunfar en una relación con un hombre hay que saber que los verdaderos hombres son de Urano -dijo la mujer enseñando a la cámara su nuevo libro.

Marie-Claire se metió un puñado de palomitas en la boca. ¿De Urano'?, se dijo mientras apuntaba el título del libro en su libreta.

Luego volvió a cambiar de canal hasta que dio con El show de Sally-Jesse Raphael.

—Marsha -dijo Sally-Jesse ajustándose las gafas-, ¿no te das cuenta de que al ocultarle a tu hijo que lo habías adoptado hasta que fue un adolescente, pusiste en riesgo su equilibrio emocional?

—Bueno, es que no vi oportuno decírselo.

—Sí, pero, Marsha, tú y tu marido sois blancos, mientras que Chuck es un afroamericano. Así que lo más probable era que alguien acabara por decírselo al niño.

Marie-Claire escribió en su libreta que no era bueno ocultar a los niños que eran hijos adoptivos y luego volvió a cambiar de canal. Al final, se detuvo en la CNN.

—Fuentes oficiales de Rhineland han anunciado hoy que su gobierno está planeando anexionar St. Michel, un pequeña reino al norte de Francia. Estos dos Estados son independientes desde el siglo XVII, pero esto podría cambiar en breve. Sin embargo. René Davoine, el primer ministro de St. Michel, ha declarado esta mañana que todavía no se ha reunido con el príncipe

Etienne para discutir este asunto y que por el momento tampoco tiene planeado hacerlo. Otras noticias internacionales nos llegan desde...

Marie-Claire, un poco cansada ya de la televisión, la apagó y poco después comenzó a hojear una revista.

Un ruido despertó a Marie-Claire, que se había quedado adormilada. Miró hacia la puerta.

—¿Marie-Claire?

¡Sebastian! Se frotó los ojos y se apartó el pelo de la cara. Cuando vio su imagen reflejada en el espejo que ocupaba toda una pared, se asustó del mal aspecto que tenía.

—¿Quién es? -preguntó entonces tratando de fingir indiferencia.

—Soy yo, Sebastian.

—¿Quién? -dijo ella, espantada ante la idea de verlo en esos momentos.

Todavía no había hecho sus deberes. Tenía que cambiar su vestuario. Ona nunca llevaría un pijama rosa como el que ella llevaba en esos momentos. Una mujer seductora usaría alguna prenda de cuero bien ajustada.

—Venga, Marie-Claire, ábreme.

Ella echó un vistazo al desorden que reinaba en su habitación y decidió que no podía dejarlo entrar.

—Marie-Claire, ¿puedo entrar?

Y cuando la puerta comenzó a abrirse, se quedó petrificada.

Capítulo 8

Marie-Claire se sintió terriblemente avergonzada cuando Sebastian entró en su habitación y se quedó mirando el desorden que allí reinaba. Es más, al acercarse, piso un libro que se titulaba Cómo conquistar a un hombre.

Afortunadamente, pareció no fijarse en el título. Aunque ella se notó la cara ardiendo.

No podía dejar que él viera aquel estúpido libro.

—¿Qué estás haciendo? -preguntó Sebastian.

Entonces ella recordó el consejo que le había dado Ariane respecto a que lo tratara como si fuera su hermano.

—Nada, Pero ya que estás aquí podemos pelearnos.

Según dijo aquello, se dio cuenta de lo estúpido que sonaba.

—¿Pelearnos? preguntó él, muy extrañado.

—Claro.

Sin duda él debió pensar que se había vuelto loca y entonces ella, sin pensar en lo que hacía, cargó hacia él con la cabeza por delante, derribándolo.

Luego se puso en pie rápidamente y guardó Cómo

conquistar a un hombre en un cajón.

—¿Estás loca o qué? preguntó él mirándola sin poderse creer lo que estaba sucediendo.

Sí, estaba loca, pero loca de amor. Entonces volvió a cargar contra él, que estaba de rodillas en el suelo, y lo derribó del todo. Aprovechó la confusión para guardar todas aquellas revistas y catálogos de lencería. Pero justo cuando estaba guardando una revista de novias, Sebastian la agarró por un brazo.

—Marie-Claire, ¿se puede saber qué demonios estás haciendo? No tengo ningunas ganas de pelear contigo.

—¿Qué pasa? ¿Es que tienes miedo de que te gane?

Entonces se lanzó a recoger el resto de las cosas que había allí esparcidas, pero, sin querer, apoyó una rodilla en la cara de él.

—¡Ay! Creo que me has roto un diente - protestó él.

—Bueno, piensa en el lado bueno. Quizá el ratoncito Pérez te deje dinero debajo de la almohada.

A juzgar por el gesto de enfado de Sebastian, Marie-Claire empezó a sospechar que quizá el consejo de Ariane no había sido tan bueno como había pensado. De pronto, él la agarró y la volteó, sujetándola firmemente contra su cuerpo.

—Creo que no estás luchando limpiamente -protestó ella tratando de escapar.

Marie-Claire sintió cómo el corazón de Sebastian estaba latiendo al mismo ritmo que el de ella..

—Marie-Claire, ¿me vas a explicar de una vez a qué viene esto?

—Bueno, como somos hermanos, es normal que hagamos este tipo de cosas, ¿no? Solo estaba tratando de amoldarme a nuestra nueva relación aseguró ella tratando de aparentar inocencia.

—Marie-Claire, estás poniéndome las cosas muy difíciles.

—¿Y crees que para mí es sencillo?

—Yo no he dicho nada parecido.

Ella vio el dolor que había en los ojos de él y pensó que seguramente ambos se habían tomado la noticia igual de mal. Por un momento, pensó en darle una tregua, pero luego decidió continuar con su táctica.

—Bueno, en cualquier caso, se supone que los hermanos juegan a pelearse, así que creo que nos vendrá bien para irnos acostumbrando a nuestra nueva condición.

El parecía cada vez más furioso.

—Esta bien -dijo ella, consciente de lo cerca que estaban el uno del otro-. Si no te gusta pelear conmigo, ¿qué te parece una pelea de almohadas?

—¿Y si te doy una buena paliza?

—Inténtalo -lo retó ella.

En esos momentos, sus miradas se encontraron y el aire se cargó de electricidad a su alrededor. Marie-Claire fue consciente de cómo trataba de luchar Sebastian contra la atracción que sentía por ella.

Este se echó finalmente a un lado y se incorporó.

—Tengo que regresar a la reunión -aseguró dirigiéndose a la puerta.

—¡Espera, Sebastian! -le pidió ella.

El se dio la vuelta antes de salir.

—¿Puedes hacer esto? -le preguntó, y dobló la lengua.

—Marie-Claire, ¿se puede saber qué diablos... ?

—Tú hazlo -le pidió ella.

Sebastian trató de doblar la lengua como ella, pero no lo consiguió.

—Lo ves? No eres mi hermano.

—¿Qué?

—Que no puedes doblar la lengua.

—¿Y qué tiene que ver una cosa con la otra'?

—Sí que tiene que ver. Tú no eres mi hermano -repitió ella-. La habilidad para doblar así la lengua es heredada.

Sebastian levantó la vista hacia el techo antes de volver a mirarla a ella.

—¿Y de quién la has heredado? ¿De tu padre o de tu madre?

—¿Qué?

—Cuando te decidas a crecer, hablaremos -aseguró él antes de salir dando un portazo.

Marie-Claire pensó que el plan de Ariane no parecía haber funcionado, aunque por un momento, había conseguido agrietar su armadura. Algo era algo.

Sebastian se quedó mirando la trayectoria de la bola después de golpearla con el palo de golf. Al parecer, el giro en el rumbo de su relación con Marie-Claire había mejorado su juego. Aunque sin duda era lo único bueno que había sacado de todo aquello. Así que después de que la bola cayera en mitad de la calle, agarró el tee y se puso la bolsa con los palos al hombro.

A Sebastian nunca le había gustado jugar solo al golf, pero aquella tarde no tenía ganas de compañía, ya que necesitaba pensar.

Marie-Claire no parecía estar de acuerdo con posponer su romance. A pesar de sus esfuerzos por protegerla, ella parecía tener otros planes.

Al recordar las payasadas que había hecho ella poco antes, le entraron ganas de soltar una carcajada. Aquella mujer estaba loca y por eso la amaba.

Sacudió la cabeza pensando que ninguna otra mujer habría pensado en pelearse con él. Mientras se dirigía hacia donde había caído la bola, se acordó de la adolescente que había visto hacía unos años bañándose en la poza. Desde entonces, no había podido olvidarse de ella. Sí, sabía que solo podría casarse con una mujer así.

Pero en aquello momentos no podían estar juntos. No podían arriesgarse a que su relación se hiciera pública. Lucharía con todas sus fuerzas para que todo acabara saliendo bien entre ellos.

Dejando la bolsa en el suelo, agarró un hierro cinco para realizar su siguiente golpe.

Por la noche, Marie-Claire proseguía su encierro en su habitación. Continuaba rodeada de libros y revistas, y sin poder olvidarse de Sebastian. Finalmente, decidió hacer una última tarea y dejarlo hasta el día siguiente.

Así que se levantó y fue a la mesa donde tenía el ordenador. Quería buscar en Internet alguna página de alguien que estuviera en una situación parecida a la suya. Mientras miraba la pantalla, decidió que en cuanto acabara, llamaría a Sebastian para disculparse. Luego pondría en marcha la segunda parte de su plan.

Después de estar buscando información durante un rato, llegó a una página donde había una carta dirigida a la doctora Martha. Marie-Claire había encontrado a menudo buenos consejos en la página de aquella mujer.

Estimada doctora Martha:

Mi novio, con el que salgo desde hace seis años,

ha decidido que quiere romper conmigo. Y yo no quiero que lo nuestro se acabe, Martha. Estoy muy enamorada de él y tengo la esperanza de que algún día nos casemos. Sé además que él también me quiere, pero parece que se ha asustado por algún motivo. ¿Qué me aconsejas que haga?

Corazón Roto

Marie-Claire se secó las lágrimas con el último kleenex del paquete. Era el segundo que gastaba aquel día.

—Ay, Corazón Roto, comprendo cómo te sientes -murmuro sin despegar la vista de la pantalla.

Luego leyó la respuesta de la doctora Martha, que la aconsejaba que la dejara irse. Si él la amaba de veras, volvería a ella; y si no, era mejor que se marchara.

¿Podría vivir sin Sebastian?

No, no podría. Pero por otra parte, nunca sabría si era enteramente suyo hasta que lo dejara marchar.

O, al menos, hasta que aparentara que lo dejaba marchar.

Fue al teléfono y marco el número de Sebastian. Si quería disculparse y luego decirle que era libre para hacer lo que quisiera, tenía que hacerlo cuanto antes. Porque si esperaba un poco más, la invadiría la desesperación y acabaría rogándole que volviera, igual que había hecho Lula Parnella. Perspectiva nada agradable. ¿Por qué sería la vida tan dura?

El contestó en seguida.

—¿Sebastian?

—¿Marie-Claire? -él parecía nervioso.

—Sí -respondió ella.

Luego se aclaro la garganta mientras cerraba los ojos. Tenía que concentrarse para aparentar calma. Debía parecer una mujer segura de sí misma.

Agarró su osito de peluche y lo abrazó.

—Te llamo porque...

¿Para qué lo llamaba exactamente? Ah, sí, para dejarlo libre. Pero, por otra parte, él ya había dejado claro que había tomado una decisión por su cuenta. O sea, que ya era libre.

—¿Marie-Claire?

—Sí, lo siento, es que... Bueno, yo... he estado pensando en nuestra situación y he llegado a la conclusión de que tienes razón.

—¿De veras?

—Sí.

Ambos se quedaron en silencio unos instantes.

—¿Sebastian?

—¿Qué?

—Quería disculparme por mi comportamiento de esta tarde. Finalmente, me he dado cuenta de que si vamos a ser... hermanos, tendremos que vemos a menudo. En casa, en las fiestas, en nuestras... respectivas bodas.

—Marie-Claire, si estás...

—No. por favor, déjame terminar. Quiero que sepas que he aceptado que somos... hermanos. De veras. Creo que es lo mejor para todos.

Marie-Claire sintió que el pánico le atenazaba la garganta.

—Así que te prometo que te sentirás orgulloso de ser mi hermano -añadió finalmente.

—¿De veras?

—Sí, me he dado cuenta de que esto no es culpa de nadie. ¿Cómo íbamos a adivinarlo? Así que lo mejor será que... que... sigamos como si nada hubiera pasado.

—¿Como si nada hubiera pasado? Marie-Claire, por el amor de...

—Creo que es lo mejor para todos -consiguió decir ella, a pesar de que estaba empezando a sentirse fatal-. Así que lo mejor será que empecemos a salir con otras personas lo antes posible. Tenemos que guardar las apariencias, ¿no te parece?

—¿Guardar las apariencias?

—Estoy segura de que es la única salida que tenemos. En cualquier caso, para mí. Porque tengo que conseguir olvidarme de ti cuanto antes. Y la mejor forma que se me ocurre para hacerlo es irme por un tiempo.

Ambos se quedaron en silencio.

—¿Sebastian?

—¿Vas a irte?

—Sí.

—¿Tan precipitadamente?

—Es necesario. No aguanto más esta situación. No podría soportar verte con otras mujeres.

—Ya sabes que no...

—Y a ti. ¿no te importaría que me presentara a cenar con un amigo?

—No.

—Pues entonces empezaré por presentarme acompañada a la fiesta de mañana, después de la rueda de prensa.

—Puedes hacer lo que quieres.

A Marie-Claire le pareció por su tono que no la estaba tomando en serio. Muy bien, pues le demostraría que no estaba bromeando.

—Muy bien. Así lo haré.

—De acuerdo.

—Adiós.

—Adiós.

Marie-Claire se pegó un golpe en la frente en cuanto colgó. Por su testarudez, tendría que ir acompañada a la fiesta, y le quedaban menos de veinticuatro horas para conseguir pareja.

—No sé por qué no han aprovechado para anunciar que eres el heredero a la corona durante la rueda de prensa -dijo Claudette mirándose en el enorme espejo que tenía delante, en el salón Zafiro del palacio de Bergeron-. Podríamos evitar todo este incidente con Rhineland si se proclamara que mi hijo va a ser el nuevo rey.

La mujer comenzó a retocarse el maquillaje y luego guardó sus cosméticos en el bolso. Sebastian la agarró entonces del brazo y la condujo entre la multitud que se disponía a celebrar la declaración de que St. Michel seguiría siendo independiente.

Claudette y Sebastian habían sido invitados de honor durante la rueda de prensa que se había celebrado aquella tarde y se habían sentado junto a la familia real. René Davoine, el primer ministro, había hablado los planes para negociar una salida a la crisis con Rhineland.

Sebastian se había avergonzado por la actitud de su madre, que no había dejado de dar cabezadas y que incluso en un momento había comenzado a roncar y había despertado las risas de los asistentes.

Y aquello había sido solo el comienzo de lo que Sebastian estaba seguro de que iba a ser una noche aciaga. La fiesta se celebraba para demostrar que no le tenían ningún miedo a Rhineland y él sabía que la reina Simone lo estaría vigilando toda la noche. Sin duda, aquella fiesta iba a ser un examen, ya que iba a tener que demostrar que podría ser un buen rey en el futuro.

Solo de pensarlo, se le encogió el estómago mientras acompañaba a su madre al salón Cristal. Y además, estaba el hecho de que pronto se encontraría con Marie-Claire, que quizá habría ido con un acompañante a la fiesta.

—Simone debería haberte presentado como nuevo rey -insistió Claudette resoplando debido al esfuerzo de seguir el paso de Sebastian-. De hecho, eso habría puesto en su sitio al horrible e impotente rey de Rhineland.

Sebastian se llevó a Claudette a un lado y la miró fijamente a los ojos.

—Supongo que están esperando hasta que corroboren tu historia.

—¿Y por qué iban a dudar de mi palabra?

—Dímelo tú.

—No tengo nada que decirte. Es ridículo. St. Michel necesita desesperadamente un rey. ¿Y quién mejor que tú?

—Madre, yo no he sido educado para ser rey -dijo él en voz baja-. Y no aspiro a suceder a Philippe. Además, no entiendo por qué has esperado tanto para contar esta historia.

—¿Qué estás diciendo? ¿Que no quieres ser rey después de cuanto he hecho para que llegues hasta donde has llegado? No lo permitiré!

—¿Que no lo permitirás?

—Eres el legítimo heredero al trono. ¿Y sabes lo que eso significaría para nosotros? -el tono agudo de Claudette hizo que varias personas se volvieran hacia ellos.

Sebastian vio la sombra de la duda en los ojos de su madre, que tenía la frente cubierta de gotas de sudor. De hecho, siempre que mencionaba que él era hijo de Philippe, aparecía un extraño brillo en sus ojos. De algún modo, era como si se estuviera convenciendo a sí misma de que era cierto.

—Madre, estos no son ni el momento ni el lugar adecuados para hablar del tema -dijo él apretando la mandíbula-. Te llevaré a casa y podremos seguir conversando allí.

—¿Es que te has vuelto loco? ¿Vamos a perdemos la fiesta? Eso nunca.

Claudette se dio la vuelta y se dirigió con la barbilla bien alta hacia la fiesta.

Marie-Claire se quedó mirando fascinada las compras que había hecho por la mañana en París. Agarró el sombrero rematado por lo que parecía una cesta de fruta y se lo puso en la cabeza. Luego se colgó del brazo un bolso con motivos de pájaros tropicales, que no era menos espectacular.

Mirándose al espejo que cubría una de las paredes de su habitación, se preguntó si quería conquistar a Sebastian o asustarlo. Con el vestido dorado que llevaba y las botas de tacón alto, tenía un aspecto futurista. Pero sus hermanas le habían asegurado que resultaba también muy sexy.

Marie-Claire se mordió el labio inferior. Había cometido el error de decirle a sus hermanas que quería

parecer algo traviesa, pero lo cierto era que se había pasado. Se dio la vuelta para ver la parte de atrás del vestido y decidió que Cruella de Vil parecería una monja a su lado. Sin embargo. nada le importaba si conseguía convencer a Sebastian de que no era su hermana.

Fue a la cama y acaricio el abrigo de imitación de piel de cebra que se había comprado.

¿Y si no lo conseguía?

De pronto, toda aquella ropa le pareció horrible y pensó que nadie en su sano juicio se presentaría en público así vestido. ¿Por qué no podía ser todo como antes? Una lágrima rodó por su mejilla mientras se acordaba de su padre.

En ese momento, se abrió la puerta y entraron sus dos hermanas con sus extravagantes bolsos, que también habían comprado por la mañana en París. Marie-Claire se secó las lágrimas y se obligó a sonreír. Arianc estaba muy atractiva con su minúsculo vestido, rematado con plumas de pavo real. En cuanto a Lise, llevaba una túnica muy estrecha que apenas la dejaba caminar.

Sí, había que tener valor para lucir esos vestidos. Y ella no sabía si tenía el valor suficiente para hacerlo. Aunque, por otra parte, debía reconocer que sus hermanas iban muy elegantes y modernas.

—¡Marie-Claire, estás guapísima!

—Sí, tienes un aspecto fabuloso.

—No mintáis -dijo Marie-Claire.

—No te estamos mintiendo. ¿No es cierto que está perfecta, Lise? -dijo Ariane.

—Es cierto.

—No creéis que es demasiado atrevido? -dudó Marie-Claire.

Lise sacudió la cabeza.

—No. Esto es lo último en moda.

—Bueno, y además te he conseguido un acompañante -dijo Ariane-. No es el hombre ideal, pero no te he podido conseguir ninguno mejor.

—¿Qué defecto tiene?

—Bueno, que es un poco joven.

—¿Cómo de joven?

—No es ningún niño, eso sí.

—Pero ¿quién es? -preguntó Marie-Claire hundiendo la cabeza entre las manos y soltando un gemido.

—Es una sorpresa. Y ahora échate en el pelo ese spray de purpurina por el que has pagado una fortuna. La fiesta nos está esperando.

Capítulo 9

EL SALÓN Cristal estaba lleno de gente. Desde arriba de la escalera. Marie-Claire vio en el escenario a una conocida banda de rock.

Como era una fiesta para celebrar la independencia de St. Michel, había banderas por todas partes y todo había sido decorado con los colores de la patria: el dorado, el blanco y el púrpura.

Iba a ser una noche memorable.

Se apoyó en la barandilla y trató calmarse mientras comenzaba a bajar la escalera, acompañada por sus hermanas. Sebastian estaba sin duda en algún lugar de aquel salón y ella podía sentirlo, igual que la princesa que notaba la presencia de un guisante bajo el montón de colchones sobre el que dormía.

—Ahí está Celeste -dijo Lise señalando a su madrastra.

—A juzgar por su vestido, ya ha abandonado el luto -comentó Ariane-. Va todavía más ridícula que nosotras.

—¿Quién es ese con el que está flirteando? -preguntó Lise.

—Un paparazzi -contestó Marie-Claire,

—¿Y no es ese Luc Dumont? -inquirió Ariane señalando hacia otro punto del salón.

—¿Quién? -preguntó Lise.

—Ese de ahí, el que está detrás de esa mujer del vestido chillón.

—La mujer del vestido chillón es Claudette LeMarc -comentó Marie-Claire.

En ese momento, Claudette agarró una bebida de la bandeja de un camarero, totalmente ajena al intenso examen al que estaba siendo sometida. Luego comenzó a chasquear los dedos al ritmo de la música. Sin duda estaba disfrutando mucho, acompañada de varias amigas igual de esnobs que ella e igual de embriagadas.

—Y el hombre que está detrás efectivamente es Luc Dumont -añadió Marie-Claire-. Me pregunto qué estará haciendo aquí. Pensaba que Simone había dejado que se marchara.

—Por el modo en que la está mirando, sospechó que echaba de menos a Claudette -comentó Ariane.

Sus hermanas se echaron a reír y Marie-Claire se relajó lo suficiente como para sonreír. Pero justo en ese momento se fijó en quién estaba un poco más allá de Claudette.

¡Sebastian!

Nada más verlo, se sintió invadida por la excitación y el deseo, sentimientos que supuestamente deberían estarle vedados, ya que podía ser su hermano.

Sebastian pareció sentir que lo estaba mirando, porque inmediatamente se volvió hacia ella y sus miradas se encontraron. El se quedó mirándola de arriba abajo, y no precisamente de un modo fraternal.

A ella se le encogió el estómago y su corazón comenzó a palpitar a toda velocidad. Entonces se fijó en que estaba con Veronike Schroeder y no pudo evitar sentir unos tremendos celos. En ese momento, Veronike se inclinó hacia Sebastian, le murmuró algo al oído y se echó a reír.

—Se ríe como un burro -se burló Ariane-. Y con ese escote, parece una vaca lechera.

Marie-Claire trató de sonreír, pero estaba a punto de echarse a llorar.

—Respira hondo, Marie-Claire -le aconsejó Ariane-. Estás un poco pálida.

—No dejes que Veronike te ponga de mal humor. Esa mujer no merece que te preocupes por ella.

Lise y Ariane comenzaron a darle palmaditas en la espalda para animarla y ella decidió que sus hermanas tenían razón. Veronike no merecía que se preocupara por ella. Al fin y al cabo, ella era una de Bergeron.

—Y ahora, sonríe, Marie-Claire. Demuéstrales lo fuerte que eres.

Marie-Claire las obedeció, diciéndose que si Sebastian se había recuperado tan pronto de su ruptura, ella haría lo mismo. Le demostraría que no le necesitaba para nada.

Se agarró al brazo de Ariane y respiró hondo.

—Ariane, ¿dónde está mi acompañante?

—Ah, sí, tu... acompañante.

Ariane miró con gesto culpable hacia... Eduardo van Groobet

—¿Eduardo? -preguntó Marie-Claire, desilusionada.

—Quizá debería habértelo advertido antes.

—Eso no hubiera cambiado nada.

—Sonríe -le pidió Ariane-. Todo el mundo nos está mirando.

Y era cierto. De hecho, justo en ese momento los paparazzi comenzaron a tomarles fotografías deslumbrándolas con los flashes.

Eduardo comenzó a subir los escalones de tres en tres con un broche con una flor en una mano.

—Marie-Clairc..., estás... muy elegante -dijo él acercando el broche hacia ella-. Te

he traído este broche. Quizá podría... po-
nértelo.

Todavía deslumbrada por los flashes y
tambaleándose sobre sus tacones, Marie-
Claire perdió el equilibrio y se apoyó sobre
Eduardo, que aprovechó para ponerle el
broche en el escote. Marie-Claire dio tal
respingo que se le terminaron de doblar los
tobillos y, si no se hubiera agarrado a tiempo a la barandilla, habría acabado en el suelo.

Sus hermanas y Eduardo la ayudaron a
incorporarse. Entonces ella se dio cuenta de
que se había roto un tacón, que el sombrero
estaba hecho un desastre y que el vestido se
le había subido por encima de los muslos.

A Sebastian estuvo a punto de parársele
el corazón cuando vio el incidente. Trató de
acercarse corriendo a Marie-Claire, pero
unos cuantos hombres se le adelantaron.
Así que se detuvo en seco mientras se llevaba una mano a la nuca.

Aquella noche, Marie-Claire estaba más
guapa que nunca. El vestido dorado que llevaba realzaba perfectamente su bonito
cuerpo. Y aquellas botas hacían parecer aún
más largas sus espectaculares piernas. Finalmente, su peinado y el maquillaje que se
había puesto le daban un aspecto futurista.

Parecía una modelo en una pasarela de moda parisiense.

Con la frente llena de gotas de sudor, Sebastian sintió el pinchazo de los celos. Y no solo de Eduardo,

sino del resto de los hombres que se habían acercado a ayudarla.

Se sintió invadido de pronto por la melancolía. ¿Cómo habían llegado a aquella situación? Hacía tan solo dos semanas eran una pareja feliz, y en esos momentos, él se encontraba teniendo que aguantar a la insulsa Veronike, mientras que MarieClaire había ido a la fiesta con Eduardo van Groober.

¿Estaría interesada en Eduardo? Lo cierto era que aquel chico debía de tener más o menos la misma edad que ella.

—Parece que los chicos se están divirtiendo juntos -le comentó Veronike señalando hacia la escalera-. Ya era hora de que Marie-Claire se echara un novio. Además, él es muy mono y parece que a ella le gusta mucho.

Sebastian tenía que admitir que Veronike parecía estar en lo cierto. Justo en ese momento, Marie-Claire se estaba riendo a carcajadas de algo que le había comentado Eduardo.

—Lo siento. Marie-Claire. Estás... sangrando.

El alfiler se le había clavado bastante profundamente y lo cierto era que le dolía bastante, pero Marie-Claire trató de sonreír a la vez que intentaba recordar cuándo se había puesto por última vez la antitetánica.

—No te preocupes, Eduardo, no es nada -se obligó a decir.

—Menos mal -dijo el muchacho respirando hondo-. ¿Te apetece que bailemos?

—Bueno, espérate a que llegue abajo sana y salva. Entonces decidiremos qué hacemos.

—Muy bien -el chico tendió el brazo hacia ella y bajaron la escalera sin más percances-. En una ocasión, estaba trabajando con mi padre en el jardín de palacio, cuando tuve un accidente y me aplasté un dedo del pie...

—¡Qué curioso! -comentó Marie-Claire, sonriendo y mirando hacia Sebastian.

—Tuvieron que operarme y todo. Al parecer, me rompí varios ligamentos.

—Ah, estupendo -dijo ella, sin hacer ningún caso de lo que Eduardo le estaba diciendo.

—Incluso llegaron a pensar que quizá no volvería a andar con normalidad, pero se equivocaron. Sin embargo, desde entonces, el único deporte que puedo practicar es el golf.

Marie-Claire no perdía de vista a Sebastian.

—Y más adelante me rompí una pierna cuando estábamos interpretando en la escuela Los Mis..

—¡Qué divertido! -dijo Marie-Claire sonriendo una vez más.

Incluso desde el otro extremo del salón, podía sentir la sexualidad que emanaba de Sebastian. Sexualidad a la que no era indiferente ninguna mujer de la fiesta. Ni siquiera la abuela Simone, que parecía estar pidiéndole en esos momentos que la sacara a bailar.

Al ver con qué gentileza agarraba a la anciana entre sus brazos, Marie-Claire no pudo ocultar una tierna sonrisa. También se fijó en que su abuela parecía haber rejuvenecido sesenta años.

Cuando acabó el tema, Sebastian sacó de la pista de baile a Simone y le dio las gracias. Durante todo el

tiempo que habían estado bailando, se había sentido examinado por aquella mujer.

Cuando finalmente se quedó solo, observó a Marie-Claire. La vio junto a Eduardo, que la tenía apretada contra su pecho. El pobre bailaba fatal y cualquier otra mujer que no hubiera sido Marie-Claire habría escapado corriendo. Pero era evidente que ella estaba esforzándose para hacerlo pasar por un bailarín decente.

Ella estaba bailando con los ojos cerrados, sin duda para no ver a Eduardo, y parecía sentir profundamente la música.

Eso conmovió a Sebastian. Pero también le hizo enfadarse consigo mismo por el modo en que reaccionaba siempre ante aquella mujer. ¿Le seguiría ocurriendo lo mismo durante el resto de su vida? Porque si resultaba que ella era finalmente su hermana, cada minuto que pasaran juntos iba a convertirse en un verdadero infierno.

Así que si Claudette había dicho la verdad, solo había una salida. Que uno de ellos abandonara St. Michel para siempre.

Cansada de bailar con Eduardo, Marie-Claire le pidió que fuera a buscarle un vaso de ponche. Así que mientras el muchacho se iba corriendo por un par de bebidas, ella fue a sentarse en una silla. Le dolía todo el cuerpo después de haber intentado demostrar a Sebastian lo bien que lo estaba pasando con Eduardo... ¡Y bailando con una bota que tenía el tacón roto!

Mientras esperaba a que volviera Eduardo con el ponche, comenzó a buscar con la mirada a Sebastian, quien desgraciadamente estaba bailando en esos momentos con Veronike. Ella estaba bailando como una gata en celo: frotando su voluptuoso cuerpo con el de él.

Luc Dumont se acercó en ese momento a donde estaba sentada Marie-Claire e hizo un gesto hacia Veronike.

—Yo nunca aprendí a bailar.

—Eso no es bailar, es un rito de apareamiento.

—Ah. Pues parece que le está dando resultado.

—Eso parece -admitió ella dando un suspiro-. Creo que no nos han presentado todavía. Usted es Luc, ¿verdad?

Luc le estrechó la mano.

—Sí, Luc Dumont. Perdone mi falta de educación.

—No se preocupe. Yo soy Marie-Claire de Bergeron.

—Lo sé. Conozco muy bien a toda su familia.

—El otro día me pareció que a quien mejor conoce es a Juliet.

—Nos conocimos hace unos cuantos años. Es una chica adorable.

—Es cierto. Y dígame, señor Dumont, ¿qué le retiene en palacio? Creía que el caso del heredero perdido ya estaba resuelto.

Luc se encogió de hombros.

—Quizá sí.

—¿Y quizá no?

—Quizá.

En esos momento, Claudette estaba bailando con el primer ministro y parecía estar conduciendo directamente al pobre señor Davoine hacia donde estaban los paparazzi. Y cuando varios flashes se dispararon, Claudette sonrió satisfecha. A la mañana siguiente, la foto saldría en los periódicos.

Marie-Claire decidió confesar sus temores acerca de Claudette a Luc.

—Creo que está mintiendo.

—¿Usted también?

—O sea, ¿que estamos de acuerdo?

—Eso parece.

—Siéntese -le instó Marie-Claire dando una palmadita en la silla vacía que había junto a ella. Cuando él se sentó, se inclinó hacia él-. ¿Y por qué piensa usted que Claudette iba a querer mentirnos? Todo el mundo sabe que es una mujer muy ambiciosa, pero ¿tanto como para sacrificar a su hijo?

—Según parece, no tiene todo el dinero que quisiera, así que no le vendría mal que su hijo fuese rey.

—¿De veras? -Marie-Claire casi sintió pena por aquella mujer-. ¿Y qué sugiere que hagamos?

—Por el momento, nada.

—¿Cómo que nada?

—Hasta que tengamos pruebas, no hay nada que hacer. Pero no tema, todo terminará arreglándose.

Marie-Claire miró hacia donde Sebastian estaba bailando con Veronike.

—Eso espero, señor Dumont.

Marie-Claire necesitaba respirar aire fresco y Eduardo se mostró encantado de acompañarla fuera.

Ella se dio cuenta de que Sebastian se los quedaba mirando mientras salían y simuló estar muy interesada en la insulsa charla de Eduardo.

Una vez que estuvieron fuera, el chico le pasó un brazo por detrás de los hombros. Al principio, ella se puso contenta, pensando en lo celoso que iba a ponerse Sebastian, pero luego, cuando el chico fue bajando la mano por su espalda, empezó a preocuparse.

—No puedo creer que finalmente estemos juntos -dijo Eduardo.

—Bueno, pero no estamos solos -dijo ella tratando de reír alegremente-. Han asistido cientos de personas a la fiesta.

Eduardo no respondió al comentario, sino que hundió el rostro entre el cabello de Marie-Claire y respiró hondo.

—Estaba en séptimo curso cuando un

día te vi en la poza. Me pareciste guapísima. Yo estaba pescando en la otra orilla e iba a decirte algo justo cuando apareció Sebastian y te ordenó que salieras del agua.

—Tú... ¿estabas allí?

—Pero no te preocupes. Miré a otra parte para no verte desnuda del todo -dijo riéndose entre dientes y bajando su mano hasta apoyarla en una de sus nalgas-. Creo que fue entonces cuando me enamoré de ti.

—¿Que te enamoraste de mí? -preguntó Marie-Claire tragando saliva.

—Sí, incluso tengo una carpeta llena de fotos tuyas.

Entonces ella le apartó la mano de su nalga.

—Oye, Eduardo, creo que deberíamos volver.

—Marie-Claire -continuó él, sin apartarse de ella-, desde entonces he sabido que nuestro destino era estar juntos.

—¿De veras?

—Sí -dijo él buscando su boca para besarla.

—Eh, Eduardo... -dijo ella apartándose-, pero si esta es la primera vez que salimos juntos. No puedes haberte enamorado de mí tan pronto.

Aunque sabía que aquello no era razón suficiente, ya que aquel día en la poza, Sebastian y ella se habían enamorado inmediatamente el uno del otro.

Eduardo no iba a darse por vencido tan fácilmente y trató de besarla de nuevo.

—¡Basta, Eduardo!

—Solo un beso, Marie-Claire.

—No, Eduardo, ya te he dicho que...

Entonces los labios de él capturaron los suyos.

—Eduardo, basta... Te he dicho que no -gritó ella tratando de soltarse de él inútilmente.

Las manos de su acompañante fueron directas al comienzo de la cremallera de su vestido y ella temió que fuera a desnudarla allí mismo.

A Marie-Claire le entraron ganas de echarse a llorar. Si no hubiera sido tan orgullosa, no se habría visto envuelta en una situación así. Toda aquello le estaba sucediendo por haber tratado de poner celoso a Sebastian. Avergonzada, empujó a Eduardo y lo apartó al fin. De hecho, se quedó extrañada de lo fácilmente que se había librado de él.

Y entonces vio a Sebastian, que estaba sujetando a Eduardo.

—¿Es que no la has oído? Te ha dicho que basta.

Entonces el chico se revolvió y le dio un

codazo en el estómago a Sebastian, que se encogió de dolor. Luego el chico le dio una patada en la espinilla.

—Eduardo, para, que esto duele.

—Déjame -el chico seguía tratando de liberarse.

—No le hagas daño, Sebastian -gritó Marie-Claire.

Sebastian se volvió hacia ella.

—¿Te parece que soy yo quien le está haciendo daño a él?

—Ha sido todo por mi culpa -dijo ella gimoteando.

—¡Déjanos solos! -gritó Eduardo.

—¡No! -gritó a su vez Marie-Claire.

Sebastian sacudió la cabeza disgustado.

—¿Vais a aclararos de una vez?

—Ella me quiere -aseguró Eduardo-. Díselo, Marie-Claire. Cuéntale lo mucho que tenemos en común.

—Eduardo, lo siento mucho... -dijo Marie-Claire-, ¡pero estoy enamorada de otro hombre!

Finalmente, el chico dejó de forcejear y Sebastian lo soltó.

—Ya sabía yo que era demasiado bueno para ser verdad -comentó el chico alejándose.

—Eduardo, a las mujeres no les gusta que las manoseen durante la primera cita.

—Sí, me he comportado como un canalla -dijo el chico hundiendo el rostro en las manos.

—Yo tampoco me he portado bien contigo, Eduardo -aseguró Marie-Claire-. Me he portado como una tonta y te pido perdón.

—No te preocupes -dijo el muchacho. Luego se quedó callado unos instantes-. Quizá dentro de un tiempo podamos reímos de lo que ha pasado esta noche.

—Eso espero.

Eduardo sonrió de un modo infantil, se dio la vuelta y a la fiesta.

Sebastian se quedó mirando a Marie-Claire, que fue a sentarse en un banco y se quitó las botas. Lanzó estas sobre unos arbustos que había junto al banco. Después de quitarse también el sombrero, comenzó a masajearse las plantas de los pies.

Sebastian se moría de ganas por sentarse a su lado para darle él mismo un masaje, pero finalmente decidió ser prudente y quedarse de pie.

—Me he comportado como una idiota, Sebastian -comenzó a decir ella.

—Bueno, esto no está siendo fácil para ninguno de los dos, Marie-Claire.

—Es cierto. Y de hecho, he llegado a la conclusión de que no puedo soportar tratarte como a un hermano. Y como tú no quieres que sigamos saliendo juntos...

—Eso no puede ser. Ya sabes por qué.

—No estoy tan segura de saberlo.

Sebastian sintió una gran frustración. Incluso si Claudette estaba mintiendo, la mera sombra de la duda sería fatal para su relación. Marie-Claire no se daba cuenta de lo dañino que podía ser el rumor de que estaban cometiendo incesto.

Ella se puso en pie y se abrazó a él. Apoyó la cabeza en su pecho y soltó un suspiro. El perfume de Marie-Claire lo invadió y provocó un poderoso efecto afrodisiaco en él.

Ella levantó la cabeza para mirarlo a los ojos.

—Yo he decidido negarme a que otras personas dirijan mi vida. ¿Por qué no haces tú lo mismo?

Sebastian cerró los ojos. «Porque estoy tratando de protegerte», sintió ganas de gritar.

—Porque no siempre podemos tener lo que queremos.

—¿Ni siquiera si no hay nada malo en ello? -susurró Marie-Claire, muy cerca de él.

El fantasma del incesto lo dejó paralizado. Nunca había deseado besar a nadie como deseaba besar a Marie-Claire en esos momentos. Pero hasta que llegaran los re-sultados de las pruebas de ADN que Luc había mandado a un laboratorio de Chica-go, no pensaba poner en peligro la reputa-ción de ella. Aunque eso le destrozara.

—Sebastian, te aseguro que no me im-porta lo que tu madre haya dicho. Y tampo-co me importa lo que opine el resto de la gente. Yo te quiero. ¿No es eso suficiente?

—Debería serlo. Pero las cosas no son así.

—Por favor, Sebastian.

Incapaz de seguir soportando aquel tor-mento, él hizo lo único que podía hacer pa-ra salvarla de un escándalo público que la marcaría para toda la vida.

Se soltó del abrazo de ella y retrocedió unos pasos.

—Detente, Marie-Claire. Por el momen-to, no podemos estar juntos. Y quizá nunca podamos estarlo.

Luego, haciendo un gran esfuerzo, se dio la vuelta y se alejó de ella sin mirar atrás.

Una vez dentro de la fiesta, se encontró con Veronike, que lo estaba esperando. Ella se acercó para que la besara y, a pesar de que a él no le apetecía demasiado, acabó haciéndolo. Luego la condujo a la pista de baile.

Capítulo 10

Marie-Claire se sentía tan mal que no podía ni llorar. Llevaba horas sentada frente a su ventana mirando el cielo estrellado. Afuera empezaba ya a amanecer y oyó cómo los empleados de palacio, que se habían quedado para limpiar después de la fiesta, empezaban a marcharse a sus casas.

Estaba segura de que había arruinado su relación con Sebastian. Incluso si finalmente resultaba que no era el príncipe heredero, con su estúpido comportamiento lo había arrojado a los brazos de Veronike. Y si no a los de Veronike, a los de cualquier otra mujer.

Después de haber esperado durante cinco largos años, ¿cómo podía terminar su relación con Sebastian de un modo tan desastroso? No tenía ningún sentido.

En ese momento, se abrió la puerta de su habitación. Era Ariane, que iba vestida con un traje de punto y llevaba una maleta, que dejó sobre la cama de Marie-Claire. Luego fue hasta donde estaba su hermana y comenzó a peinarla.

—Solo quería decirte adiós.

—¿Te vas ya?

—Es domingo por la mañana.

Marie-Claire asintió.

—Te vas a Rhineland.

—Eso es.

—Pero ¿por qué?

Ariane trató de soltar una carcajada despreocupada, pero no lo consiguió.

—Porque Etienne me ha invitado.

—¿Que te ha invitado? Pero, Ariane, si tú siempre has considerado a Etienne un arrogante. ¿A qué se debe el cambio de opinión?

Ariane se encogió de hombros mientras empezaba a hacer un moño a su hermana.

—Bueno, estoy en mi derecho, ¿no?

Marie-Claire respiró hondo.

—Y tú, ¿qué tal estás? -quiso saber Ariane.

—Me pondré bien.

—Marie-Claire, estoy segura de que a Sebastian no le gusta Veronike. Después de que te marcharas anoche, no volvió a hablar con ella.

—¿Antes de que la besara o después?

—¿La besó?

—Sí, la besó en sus enormes labios.

—¿De veras? Bueno, en cualquier caso, no debió gustarle, porque te aseguro que no parecía muy feliz. En cambio, Eduardo estuvo bailando con varias jovencitas.

—¿Y qué importa? -Marie-Claire se encogió de hombros-. Lo he perdido para siempre.

—¿A quién? ¿A Eduardo? -bromeó Ariane.

—A él también le he hecho daño. Tendré que pedirle que me perdone.

—Y yo también. Porque al fin y al cabo, fue idea mía que te acompañara.

—Nada de eso. La única responsable soy yo.

—Bueno, todos cometemos estupideces cuando estamos enamorados.

—¿Por eso vas tú a Rhineland? ¿Estás enamorada de alguien?

—Quizá -Ariane le puso una horquilla a su hermana y luego le dio un beso en la mejilla-. ¿Me telefonearás?

—Te llamaré desde Dinamarca. Voy a ir a ver a Tatiana, que es quien mejor me comprende cuando tengo problemas.

—Dale recuerdos de mi parte.

—Lo haré -dijo Marie-Claire, agarrando la mano de su hermana.

Luego se quedó mirándola mientras recogía la maleta y salía al pasillo. ¿Qué interés podía tener su hermana en Etienne Kroninberg, el rey de Rhineland?

Se tumbó sobre la cama y decidió que ya se preocuparía por eso cuando se despertara.

Una semana después, Marie-Claire seguía sin recuperarse de la tristeza que la invadía. Se tapó mejor con la bufanda para protegerse del frío viento que barría las calles de Copenhague. Tatiana necesitaba más huevos y leche para un postre que estaba haciendo, sin duda para que su nieta engordara un poco.

Marie-Claire había perdido dos kilos desde que había llegado a Dinamarca. Y lo peor era que los había perdido de los sitios más inoportunos. Como le pasaba siempre.

Las calles estaban llenas de gente y ella estaba contenta de su anonimato. El hecho de poder ir de un sitio para otro sin necesidad de llevar escolta era un extraño privilegio.

Cerca del mercado vio un puesto de periódicos y decidió comprar uno. Al ver los titulares, se le encogió el corazón:

¿Son ilegítimas las princesas de St. Michel?

¿Era bígamo el rey Philippe?

¿Es Sebastian LeMarc el legítimo heredero a la corona?

Después de leer detenidamente el artículo, Marie-Claire se olvidó por completo de las compras y consiguió llegar a duras penas a casa de su abuela. Una vez allí, encendió la tele y buscó algún canal donde estuvieran hablando del tema. Finalmente, dio con un canal francés donde había un reportaje al respecto.

—¿Qué sucede, cariño? -le preguntó Tatiana, preocupada por lo nerviosa que parecía.

La mujer se limpió las manos, blancas por la harina, en el delantal y luego se sentó junto a Marie-Claire.

—Escucha, Tatiana. Y también ha salido en los periódicos -dijo, llorando.

—...y no está claro cuál es el sexo del hijo de la reina Celeste. Si se tratara de un varón, podría acceder al trono. últimamente ha corrido el rumor de que el heredero podría ser Sebastian LeMarc. Pero por el momento no hay ninguna declaración oficial por parte del gobierno de St. Michel.

El comentarista hizo una pausa.

—Sin embargo, un fuente bien informada, cercana a la familia real, nos ha contado que el rey Philippe se casó cuando tenía dieciocho años con una estadounidense llamada Katie Graham. Al parecer, la boda nunca se anuló y eso invalidaría los matrimonios posteriores de Philippe de Bergeron, por lo que su descendencia sería ilegítima.

—¿Quién ha podido contar una cosa así? -preguntó Tatiana.

Marie-Claire apagó la televisión y se quedó mirando fijamente la pantalla vacía.

—Wilhelm.

Luc Dumont oyó sonar el teléfono justo cuando se estaba lavando el pelo en la ducha. Pero en seguida comprobó que no era el teléfono normal, ni tampoco el móvil, así que debía ser el fax. Abrió el grifo y se dejó llevar por la agradable sensación del agua caliente sobre la piel. La noche anterior había trabajado hasta tarde repasando la información que habían encontrado sus hombres sobre Claudette LeMarc y Henri, su último marido.

Claudette había crecido en medio de la más absoluta pobreza. Su padre había sido alcohólico y su madre quedó postrada en cama después de haber sufrido una apoplejía. Claudette era la mayor de ocho hermanos y tuvo que cuidar de ellos.

Luc sintió pena de la mujer y supuso que aquella era la razón por la que Sebastian no tenía ningún hermano. Claudette debía estar cansada de hacer de madre durante toda su vida. Pero eso, por otra parte, hacía aún más extraño el que hubiera adoptado a Sebastian siendo tan joven.

Mientras dejaba que el agua le cayera sobre la espalda, Luc pensó que no tardaría en conocer todas las respuestas.

Claudette había dejado los estudios después del tercer curso, y entonces fue cuando conoció a su marido, el conde Henri Le-Marc. Lo conoció en un bar donde trabajaba como camarera. Ella se quedó impresionada al enterarse de que descendía de una familia de la aristocracia francesa. Se casaron tres semanas después y Sebastian nació en un hospital del norte de Francia a los nueve meses.

Luc cerró el grifo y comenzó a secarse con la toalla. Luego se acercó al fax y tomó la hoja que había en el suelo. Era el resultado de las pruebas de ADN, que habían llegado al despacho de la Interpol en Francia aquella misma mañana.

Tatiana van Rhys siempre había sido una rebelde. El salón estaba lleno de fotos de ella y de su hija pequeña, Johanna. En una estaban haciendo salto de esquí; en otra, escalando; en otra, en un yate, sujetando un pez enorme; y en la mesa que había al lado del sillón donde estaba sentada Marie-Claire, había un bonita foto de Johanna esquiando en los Alpes suizos.

Marie-Claire se quedó mirando la sonrisa

de su madre en la fotografía y la invadió una gran melancolía. En esos momentos, la necesitaba más que nunca, a pesar de que Johanna nunca había sido una mujer muy maternal.

Se quedó mirando la sencilla casa en la que vivía su abuela. Sí, Tatiana había sido siempre una rebelde. Había vivido siempre en un palacio, pero al quedarse viuda, decidió vivir humildemente y disfrutar así de la libertad que aquello conllevaba.

Marie-Claire se giró hacia la cocina y vio a su abuela sacando unas pastas del horno. Aquella casa era un lugar muy acogedor y había decidido quedarse a vivir allí. No había, además, ninguna razón para que regresara a St. Michel.

Tatiana se acercó con una bandeja con el té y las pastas recién hechas.

Aquella misma tarde, Marie-Claire le había contado a su abuela todo lo que sabía respecto a la supuesta boda secreta de Philippe.

—Tengo que confesarte una cosa, Marie-Claire -dijo Tatiana sentándose junto a ella-. Tu madre nunca debería haberse casado con Philippe. Yo fui quien la animo a hacerlo, influenciada por mi marido, quien me convenció de que sería una alianza muy beneficiosa para todos. Ella no estaba hecha para casarse, ni tampoco para tener hijos.

La anciana sonrió a su nieta.

—Pero gracias a eso, nacisteis vosotras, ¿verdad?

Marie-Claire asintió.

—Así que te aconsejo que no hagas lo mismo que tu madre, y que te cases por amor con Sebastian.

—Pero ¿y si es mi hermano?

—Tonterías, tú eres una persona muy intuitiva. Y si opinas que Claudette está mintiendo, seguro que estás en lo cierto.

Marie-Claire dejó su taza de té sobre la mesa y se volvió hacia Tatiana.

—Gracias por creer en mí, abuela. Pero, da igual, la última vez que vi a Sebastian, estaba besando a Veronike Schroeder.

—Apuesto a que tenía una buena razón para besarla.

—¿Qué razón?

—Protegerte. ¿Qué crees que habría pasado si se descubre vuestra relación? La noticia habría salido en todos los periódicos.

Marie-Claire se quedó pensativa.

—Tienes razón.

—Claro que sí. Y ahora, aunque odio tener que hacer algo así, voy a echarte de mi casa. Quiero que vuelvas a St. Michel inmediatamente. Todo este asunto no tardará en solucionarse y, cuando todo se arregle, será mejor que estés allí para luchar por tu amor.

Sebastian se quedó mirando fijamente el fax que había mandado Simone a casa de Claudette. Cuando terminó de leerlo, se volvió muy irritado hacia su madre, que estaba en un rincón del salón, evidentemente asustada.

—¿Por qué? -gritó él enarbolando el fax hacia su madre.

—¿A qué... te refieres?

—Ya sabes a qué me refiero, madre. Este documento demuestra que soy tu hijo biológico.

—¿Qué documento es ese? -la mujer parecía decepcionada y consciente de que se había evaporado su última oportunidad de ver a su hijo proclamado rey.

—Son los resultados de unas pruebas de nuestro ADN, que demuestran que somos de la misma sangre.

Claudette se derrumbó en un sillón.

—Sebastian, no sé cómo puedes ser tan ingrato. Lo he hecho todo por ti.

—¿Por mí? -se acercó a ella totalmente fuera de sí-. Debes estar loca.

—Pensé que una vez te coronaran, nadie se pararía a investigar nada. Porque todos comprobarían que eres el hombre más adecuado para gobernar el país.

Sebastian se dio la vuelta y se alejó de ella.

—Pero yo no tengo ningún derecho a optar a la corona. ¿No te das cuenta? -le reprocho.

Ella se quedó con la mirada perdida.

—No, ya veo que no -gritó él acercándose a ella de nuevo-. Ya es hora de que madures de una vez, y voy a hacerte una serie de sugerencias en ese sentido. En primer lugar, vas a devolver todo lo que has comprado durante el último mes. Luego vas a subastar el resto de tus joyas, y cuando acabes, vas a ponerte a buscar trabajo.

—¿A buscar trabajo? -Claudette lo miró con amargura.

—Tendrás que hacerlo, si quieres alimentarte -aseguró Sebastian yendo a por su abrigo-. Y ahora, me voy a palacio a pedir perdón en tu nombre. Y si Simone se digna a recibirme después de todo esto, le pediré la mano de su hija.

Los ojos de la mujer se iluminaron al escuchar aquello.

—O sea, ¿que finalmente vas a entrar a formar parte de la familia real?

—Con un poco de suerte, sí. Pero tú sigues estando condenada a trabajos forzados. Así que buena suerte, madre.

Una vez de vuelta en St. Michel, Marie-Claire estaba deseando hablar con Luc Dumont de las noticias que habían publicado los periódicos. Así que después de dejar el equipaje en su habitación, fue a verlo al salón de palacio donde el agente estaba hablando con Simone.

—Ven aquí, cariño -le dijo su abuela en cuanto la vio entrar-. Has venido a tiempo de salvarme de este hombre, que no deja de flirtear conmigo.

Luc se sonrojó y abrió la boca para protestar, pero finalmente se lo pensó mejor y no dijo nada.

Marie-Claire sonrió a Luc.

—¿Qué tal tu viaje a Dinamarca? -le preguntó la anciana.

—Bien. Hasta que vi lo que han publicado los periódicos.

—Tenía la esperanza de que no saliera nada a la luz, pero Wilhelm... -Simone tragó saliva.

—Ya me imaginaba que había sido él. ¿Qué tal está Lise?

—Mal. Está muy enfadada con Wilhelm y además tiene náuseas por el embarazo.

—Ahora iré a verla, pero antes de nada, quiero saber qué va a pasar con Sebastian. ¿Va a ser el nuevo rey?

—Pero ¿no te has enterado? Perdona, cariño, debería haberte telefoneado, pero se me olvidó. Ya tenemos el resultado de la prueba del ADN y Sebastian no tiene nin- gún parentesco con Philippe.

—¿Qué?

—Al parecer, Claudette nos mintió. Pero ya tiene su justo castigo. Va a trabajar en la cocina de palacio. Lo que me recuerda que tengo que ir a ver qué tal lo está haciendo -añadió Simone haciendo ademán de levantarse.

Luc se acercó para ayudarla.

—Soy demasiado mayor para ti, joven - dijo la anciana apartándolo.

—Pero...

—¿Por qué no tratas de conquistar a al- guien de tu edad? Yo os dejo. Marie-Claire, dile que te cuente cómo van las investiga- ciones para encontrar al príncipe heredero.

—Le encanta bromear -comentó Marie- Claire refiriéndose a su abuela, una vez que la anciana hubo abandonado la sala.

—Ya me he dado cuenta.

Marie-Claire se quedó mirando fijamen- te a Luc.

—O sea, que Sebastian no es mi herma- no, ¿verdad?

—Eso parece.

Ella, loca de alegría, se acercó a Luc y le dio dos besos.

—Muchas gracias.

—De nada. Si puedo hacer algo más por usted...

—Sí, puede apartarse de ella inmediatamente -se oyó decir a Sebastian, que se acercó y le pegó un empujón a Luc.

El policía rodó por el suelo.

—¿Qué demonios le pasa? -preguntó tocándose la mandíbula.

—¡Sebastian! -exclamó Marie-Claire, muy sorprendida.

—Esta vez no me van a pegar a mí -dijo acercándose a Luc y agarrándolo por la camisa, lo levantó del suelo.

—¡Detente, Sebastian! -gritó Marie-Claire-. Luc solo estaba diciéndome que tú no eres mi hermano y que por tanto podemos... -dijo echándose a llorar-... estar juntos.

Sebastian dejó caer a Luc.

—¿Qué diablos ocurre con esta familia? -gritó Luc poniéndose en pie-. Todo el mundo me acusa de estar flirteando cuando yo solo estoy haciendo mi trabajo -añadió saliendo de la habitación.

—Lo siento mucho, Dumont -se excuso Sebastian.

Luc se volvió justo antes de salir por la puerta.

—Sí, claro.

Y finalmente, se marchó.

Entonces Sebastian se volvió hacia Marie-Claire y se la quedó mirando fijamente.

—Así que ya te has enterado -dijo son-riéndole.

—Sí -contestó Marie-Claire conteniendo las ganas que tenía de echarse en sus brazos.

—Tenias razón.

—Como siempre. Pero ya te acostumbrarás.

Sebastian entornó los ojos.

—Ven aquí.

No se lo tuvo que decir dos veces, porque ella echó a correr hacia él inmediatamente.

Se dieron un beso apasionado, como si estuvieran intentando recuperar el tiempo perdido.

—Eh, Marie-Claire -susurró él-, no sabes cuánto te he echado de menos.

—Mmm -fue lo único que pudo decir ella.

Y luego perdieron la noción del tiempo mientras seguían besándose.

—Cómo extrañaba esto -comenté él.

—Yo también.

—Gracias a ti, he aprendido tres cosas.

—¿Qué cosas?

—En primer lugar, que la vida es muy corta y que no hay que desperdiciar ni un solo instante.

Ella lo miró fijamente a los ojos.

—Lo mismo he aprendido yo de ti.

—Muy bien, pues entonces, cás...

—¡Sí! -gritó Marie-Claire sin dejarle acabar.

Volvieron a darse un beso interminable.

—Pues ¿a qué estamos esperando? -preguntó Sebastian-. Nos casaremos dentro de dos semanas.

—¿Dentro de dos semanas?

—Así dejaremos el tiempo necesario para que la opinión pública se entere de que no somos hermanos.

Marie-Claire asintió.

—Bueno, dos semanas no es mucho tiempo -comentó Marie-Claire-. Y Sebastian, ¿qué otras dos cosas has aprendido gracias a mí?

—Eh..., ya no me acuerdo.

Ella soltó una carcajada.

—Pues haz memoria.

—Es que no me acuerdo.

—No me lo creo.

Sebastian la miró con ojos llenos de deseo.

—Pues bien, la segunda cosa es que no quiero vivir por encima de mis posibilidades. Así que, si tú estás de acuerdo, viviremos en mi casa.

—Muy bien -dijo ella besándolo de nuevo.

—Y la última cosa que he aprendido, que es la más importante de todas, es que te amo más de lo que ningún hombre ha amado nunca a una mujer.

—¡Ay, Sebastian, cuánto te quiero!

—Bueno, pero te advierto que me va a llevar un tiempo hacerme a la idea de que no eres mi hermana.

Marie-Claire enganchó el labio inferior de él entre sus dientes.

—Está bien, trataré de acostumbrarme lo antes posible -dijo él besándola.

Epílogo

UNA ETÉREA luz dorada se colaba por el arco de piedra de las murallas de palacio, y terminaba en el templete acristalado que habían levantado en mitad del jardín. Una construcción que era ideal para celebrar una boda a mediados de abril.

El aroma de las flores llenaba el aire y dentro del templete ardían cientos de velas mientras sonaba una suave música de órgano.

Marie-Claire, escoltada por el primer ministro, se dirigió hacia donde se encontraba Sebastian. Al verla con su vestido de seda y gasa italiana, Sebastian pensó que no había visto una mujer tan bella en toda su vida.

Había muy pocos invitados: apenas la familia de Marie-Claire y unos cuantos amigos. Una escarmentada Claudette estaba llorando, sentada en el primer banco. Y en cuanto a Ariane, había tomado un avión en Rhineland para regresar a tiempo para la boda. Al fin y al cabo, era la dama de honor de su hermana.

Como todas las bodas, la ceremonia terminó con el intercambio de votos y con un beso, casi tan largo como el resto de la ceremonia. El sacerdote, después de declararlos marido y mujer, levantó las manos para acallar el aplauso de los asistentes.

—Damas y caballeros, es todo un privilegio para mí presentarles al señor y a la señora LeMarc.

—Bueno -comento Marie-Claire mirando fijamente a Sebastian-. parece que finalmente somos de la misma familia.

El asintió.

—Así es, y espero que no tardemos mucho en aumentarla.

—¿Estás proponiéndome que nos saltemos el banquete? Si nos vamos ahora mismo, podemos empezar a fabricar un bebé en menos de una hora.

Marie-Claire agarró su mano y ambos echaron a correr. Tan deprisa, que ella incluso perdió un zapato.